La llamada de Cthulhu - El horror de Dunwich

H. P. Lovecraft

La llamada de Cthulhu
El horror de Dunwich

Nueva traducción al español
traducido del alemán por Guillermo Tirelli

Rosetta Edu

Título original: *The Call of Cthulhu - The Dunwich Horror*

Primera publicación: 1928

© 2023, Guillermo Tirelli, por la traducción al español.

Primera edición: Septiembre 2023

Publicado por Rosetta Edu
Londres, Septiembre 2023
www.rosettaedu.com

ISBN: 978-1-916939-00-4

Rosetta Edu

CLÁSICOS EN ESPAÑOL

Rosetta Edu presenta en esta colección libros clásicos de la literatura universal en nuevas traducciones al español, con un lenguaje actual, comprensible y fiel al original.

Las ediciones consisten en textos íntegros y las traducciones prestan especial atención al vocabulario, dado que es el mismo contenido que ofrecemos en nuestras célebres ediciones bilingües utilizadas por estudiantes avanzados de lengua extranjera o de literatura moderna.

Acompañando la calidad del texto, los libros están impresos sobre papel de calidad, en formato de bolsillo o tapa dura, y con letra legible y de buen tamaño para dar un acceso más amplio a estas obras.

Rosetta Edu
Londres
www.rosettaedu.com

INDICE

LA LLAMADA DE CTHULHU

«De tales grandes poderes o seres puede concebirse una supervivencia... una supervivencia de un periodo enormemente remoto en el que... la conciencia se manifestaba, tal vez, en formas y aspectos retirados hace mucho tiempo ante la marea del avance de la humanidad... formas de las que sólo la poesía y la leyenda han captado un recuerdo fugaz y las han llamado dioses, monstruos, seres míticos de todo tipo y clase...».

—Algernon Blackwood.

«El anillo de los adoradores se movía en una bacanal sin fin entre el anillo de los cuerpos y el anillo de fuego»[1].

---

[1] Encontrado entre los papeles del difunto Francis Wayland Thurston, de Boston.

1. El horror en arcilla

Lo más misericordioso del mundo, creo, es la incapacidad de la mente humana para correlacionar todos sus contenidos. Vivimos en una plácida isla de ignorancia en medio de los negros mares del infinito y no estaba previsto que viajáramos lejos. Las ciencias, cada una tirando en su propia dirección, nos han perjudicado poco hasta ahora pero, algún día, el ensamblaje de conocimientos disociados nos abrirá perspectivas tan aterradoras de la realidad y de nuestra espantosa posición en ella, que enloqueceremos por la revelación o huiremos de la luz mortífera hacia la paz y la seguridad de una nueva edad oscura.

Los teósofos han adivinado la impresionante grandeza del ciclo cósmico en el que nuestro mundo y la raza humana forman incidentes efímeros. Han insinuado extrañas supervivencias en términos que helarían la sangre si no estuvieran enmascarados por un anodino optimismo. Pero no fue de ellos de quienes surgió el único atisbo de eones prohibidos que me hiela cuando pienso en ello y me enloquece cuando lo sueño. Ese atisbo, como todos los atisbos terribles de la verdad, surgió de un ensamblaje accidental de cosas dispersas, en este caso un viejo artículo de periódico y las notas de un profesor fallecido. Espero que nadie más logre este ensamblaje; ciertamente, si vivo, nunca suministraré a sabiendas un eslabón de una cadena tan espantosa. Creo que el profesor también tenía la intención de guardar silencio sobre la parte que conocía y que habría destruido sus notas si no le hubiera sorprendido la muerte repentina.

Mi conocimiento del asunto comenzó en el invierno de 1926-27 con la muerte de mi tío abuelo, George Gammell Angell, profesor emérito de lenguas semíticas en la Universidad Brown de Providence, Rhode Island. El Profesor Angell era ampliamente conocido como autoridad en inscripciones antiguas y los directores de destacados museos habían recurrido a él con frecuencia, por lo que su fallecimiento a la edad de noventa y dos años puede ser recordado por muchos. Localmente, el interés se intensificó por la oscuridad de la causa de la muerte. El profesor había sufrido el golpe cuando regresaba del barco de Newport; cayó repentinamente, según dijeron los testigos, tras haber sido empujado por un negro aparentemente marinero que venía de uno de los extraños patios oscuros de la escarpada ladera que formaba un atajo desde el paseo marítimo hasta la casa del fallecido en Williams Street. Los médicos fueron incapaces de encontrar algún trastorno visible pero concluyeron

tras un perplejo debate que alguna oscura lesión del corazón, induci-
da por el enérgico ascenso de una colina tan empinada por un hombre
tan anciano, era la responsable del desenlace. En aquel momento no
vi ninguna razón para disentir de este dictamen pero últimamente me
inclino a preguntarme... y a más que a preguntarme.

Como heredero y albacea de mi tío abuelo, ya que murió viudo y sin
hijos, se esperaba que revisara sus papeles con cierta minuciosidad y
para ello trasladé todo su conjunto de archivos y cajas a mis aposentos
en Boston. Gran parte del material que correlacioné será publicado más
tarde por la Sociedad Arqueológica Americana pero había una caja que
me pareció sumamente desconcertante y que sentí mucha aversión a
mostrar a otros ojos. Estaba cerrada y no encontré la llave hasta que se
me ocurrió examinar el llavero personal que el profesor llevaba siempre
en el bolsillo. Entonces, en efecto, logré abrirla, pero cuando lo hice sólo
me pareció encontrarme ante una barrera mayor y más estrechamente
cerrada. Porque, ¿cuál podía ser el significado del extraño bajorrelieve
de arcilla y de los inconexos apuntes, divagaciones y recortes que encontré? ¿Se había vuelto mi tío, en sus últimos años, crédulo de las imposturas más superficiales? Resolví buscar al excéntrico escultor responsable de esta aparente perturbación de la paz mental de un anciano.

El bajorrelieve era un rectángulo rugoso de menos de una pulgada
de grosor y unas cinco por seis pulgadas de superficie; obviamente,
de origen moderno. Sus diseños, sin embargo, distaban mucho de ser
modernos en atmósfera y sugerencia, pues, aunque los caprichos del
cubismo y el futurismo son muchos y salvajes, no suelen reproducir esa
regularidad críptica que acecha en la escritura prehistórica. Y escritura
de algún tipo parecía ser sin duda la mayor parte de estos diseños; aunque mi memoria, a pesar de estar muy familiarizada con los papeles y
colecciones de mi tío, no logró en modo alguno identificar esta clase en
particular, ni siquiera insinuar sus afiliaciones más remotas.

Por encima de estos aparentes jeroglíficos había una figura de evidente intención pictórica, aunque su ejecución impresionista impedía
hacerse una idea muy clara de su naturaleza. Parecía una especie de
monstruo, o un símbolo que representaba a un monstruo, de una forma que sólo una fantasía enferma podía concebir. Si digo que mi imaginación, un tanto extravagante, produjo imágenes simultáneas de un
pulpo, un dragón y una caricatura humana, no seré infiel al espíritu del
asunto. Una cabeza pulposa y tentaculada coronaba un cuerpo grotesco
y escamoso dotado de alas rudimentarias; pero era el contorno general
del conjunto lo que lo hacía más espantosamente chocante. Detrás de la

figura había una vaga sugerencia de un fondo arquitectónico ciclópeo.

La escritura que acompañaba a esta rareza era, aparte de un montón de recortes de prensa, de puño y letra del Profesor Angell y no tenía ninguna pretensión de estilo literario. Lo que parecía ser el documento principal llevaba por encabezamiento «CULTO CTHULHU» en caracteres minuciosamente impresos para evitar la lectura errónea de una palabra tan inaudita. Este manuscrito estaba dividido en dos secciones, la primera de las cuales se titulaba «1925- Sueño y obra onírica de H. A. Wilcox, 7 Thomas St., Providence, R. I.», y la segunda, «Narrativa del Inspector John R. Legrasse, 121 Bienville St., Nueva Orleans, La., en 1908 A. A. S. Notas de la reunión sobre la mismo, & reseña del Prof. Webb». Los otros papeles escritos a mano eran todos notas breves, algunas de ellas relatos de raros sueños de diferentes personas, otras citas de libros y revistas teosóficas (en particular *Atlantis* y la *Lemuria perdida*, de W. Scott-Eliott), y el resto comentarios sobre sociedades secretas y cultos ocultos que sobreviven desde hace mucho tiempo, con referencias a pasajes de libros-fuente mitológicos y antropológicos como *La rama dorada* de Frazer, y *El culto a las brujas en Europa Occidental* de Miss Murray. Los recortes aludían en gran medida a enfermedades mentales extravagantes y a brotes de locura o manía grupal en la primavera de 1925.

La primera mitad del manuscrito principal contaba una historia muy peculiar. Al parecer, el 1 de marzo de 1925, un joven delgado y moreno, de aspecto neurótico y excitado, había visitado al Profesor Angell portando el singular bajorrelieve de arcilla, que entonces estaba excesivamente húmedo y fresco. Su tarjeta llevaba el nombre de Henry Anthony Wilcox y mi tío lo había reconocido como el hijo menor de una excelente familia ligeramente conocida por él, que en los últimos tiempos había estado estudiando escultura en la Escuela de Diseño de Rhode Island y vivía solo en el edificio Fleur-de-Lys, cerca de dicha institución. Wilcox era un joven precoz conocido por su genio pero de gran excentricidad y desde niño había llamado la atención por las extrañas historias y los sueños raros que tenía por costumbre relatar. Se definía a sí mismo como «psíquicamente hipersensible», pero la estirada gente del antiguo centro comercial lo tachaba simplemente de «raro». Como nunca se había mezclado mucho con los de su clase, había ido cayendo poco a poco de la visibilidad social y ahora sólo le conocía un pequeño grupo de estetas de otras ciudades. Incluso el Club de Arte de Providence, ansioso por preservar su conservadurismo, lo había considerado bastante inútil.

Con ocasión de la visita, decía el manuscrito del profesor, el escultor solicitó bruscamente el beneficio de los conocimientos arqueológicos de su anfitrión para identificar los jeroglíficos del bajorrelieve. Hablaba de una manera soñadora y rebuscada que sugería una pose y alejaba la simpatía; y mi tío mostró cierta agudeza al responder, pues la llamativa frescura de la tablilla implicaba parentesco con cualquier cosa menos con la arqueología. La réplica del joven Wilcox, que impresionó a mi tío lo suficiente como para que la recordara y la registrara textualmente, tuvo un cariz fantásticamente poético que debió de tipificar toda su conversación y que desde entonces he encontrado muy característico en él. Dijo: «Es nueva, en efecto, pues la hice anoche en un sueño de ciudades extrañas; y los sueños son más antiguos que la melancólica Tiro, o la contemplativa Esfinge, o Babilonia rodeada de jardines».

Fue entonces cuando comenzó aquel relato incoherente que de repente jugó con una memoria dormida y se ganó el febril interés de mi tío. La noche anterior se había producido un leve temblor de tierra, el más considerable sentido en Nueva Inglaterra desde hacía algunos años, y la imaginación de Wilcox se había visto profundamente afectada. Al acostarse, había tenido un sueño sin precedentes de grandes ciudades ciclópeas de bloques titánicos y monolitos suspendidos en el cielo, todo goteante de rezumante verde y siniestro de horror latente. Los jeroglíficos habían cubierto las paredes y los pilares y desde algún punto indeterminado situado más abajo había llegado una voz que no era una voz, una sensación caótica que sólo la fantasía podía transmutar en sonido, pero que él intentó traducir por un amasijo de letras casi impronunciable, «Cthulhu fhtagn».

Este revoltijo verbal era la clave del recuerdo que excitaba y perturbaba al Profesor Angell. Interrogó al escultor con minuciosidad científica y estudió con intensidad casi frenética el bajorrelieve en el que el joven se había encontrado trabajando, helado y vestido sólo con su ropa de dormir, cuando el despertar le había invadido con desconcierto. Mi tío achacaba a su avanzada edad, según dijo después Wilcox, su lentitud para reconocer tanto los jeroglíficos como el diseño pictórico. Muchas de sus preguntas parecían muy fuera de lugar para su visitante, especialmente las que intentaban relacionar a éste con cultos o sociedades extrañas, y Wilcox no podía entender las repetidas promesas de silencio que le ofrecían a cambio de que admitiera su pertenencia a algún cuerpo místico o pagano religioso muy extendido. Cuando el Profesor Angell se convenció de que el escultor ignoraba efectivamente cualquier culto o sistema de sabiduría críptica, asedió a su visitante con demandas de futuros relatos de sueños. Esto dio sus frutos con regularidad, ya que tras la primera entrevista el manuscrito registra las llamadas diarias del joven, durante las cuales relataba asombrosos fragmentos de imaginería nocturna cuya carga era siempre alguna terrible vista ciclópea de piedra oscura y goteante, con una voz o inteligencia subterránea gritando monótonamente en enigmático sentido impactos inenarrables salvo como galimatías. Los dos sonidos que se repiten con más frecuencia son los representados por las letras «Cthulhu» y «R'lyeh».

El 23 de marzo, continuaba el manuscrito, Wilcox no apareció y las indagaciones en sus aposentos revelaron que había sido aquejado de una especie de fiebre oscura y llevado a casa de su familia en Waterman Street. Había gritado por la noche, despertando a varios artistas del edificio, y desde entonces sólo había manifestado periodos de inconsciencia y delirio. Mi tío telefoneó inmediatamente a la familia y desde entonces vigiló de cerca el caso, llamando a menudo al consultorio de la calle Thayer del Dr. Tobey, quien, según se enteró, estaba a cargo. La mente febril del joven, al parecer, cavilaba sobre cosas extrañas y el doctor se estremecía de vez en cuando al hablar de ellas. Incluían no sólo una repetición de lo que había soñado anteriormente sino que aludían salvajemente a una cosa gigantesca de «millas de altura» que caminaba o se arrastraba. En ningún momento describió completamente este objeto pero, palabras frenéticas ocasionales repetidas por el Dr. Tobey, convencieron al profesor de que debía ser idéntico a la monstruosidad sin nombre que había intentado representar en su sueño-escultura. La referencia a este objeto, añadió el médico, era invariablemente el preludio del hundimiento del joven en el letargo. Su temperatura, por extraño que parezca, no era muy superior a la normal pero todo el estado era por lo demás tal que sugería verdadera fiebre más que trastorno mental.

El 2 de abril, hacia las tres de la tarde, todo rastro del malestar de Wilcox cesó de repente. Se sentó erguido en la cama, asombrado de encontrarse en casa y completamente ignorante de lo que había sucedido en el sueño o en la realidad desde la noche del 22 de marzo. Declarado sano por su médico, regresó a sus aposentos en tres días; pero al Profesor Angell ya no le sirvió de nada. Todo rastro de sueños extraños se había desvanecido con su recuperación y mi tío no conservó ningún registro de sus pensamientos nocturnos después de una semana de relatos inútiles e irrelevantes de visiones completamente habituales.

Aquí terminaba la primera parte del manuscrito pero las referencias a algunas de las notas dispersas me dieron mucho que pensar; tanto, de hecho, que sólo el arraigado escepticismo que entonces formaba mi filosofía puede explicar mi continua desconfianza hacia el artista. Las notas en cuestión eran descripciones de los sueños de varias personas que abarcaban el mismo período en el que el joven Wilcox había sufrido sus extrañas apariciones. Mi tío, al parecer, había instituido rápidamente un prodigioso cuerpo de indagaciones entre casi todos los amigos a quienes podía interrogar sin impertinencia, pidiendo informes nocturnos de sus sueños y las fechas de cualquier visión notable durante algún tiempo pasado. La recepción de su petición parece haber sido variada pero, como mínimo, debió de recibir más respuestas de las que cualquier hombre corriente podría haber procesado sin un secretario. Esta correspondencia original no se conservó, pero sus notas formaron un compendio exhaustivo y realmente significativo. La gente corriente, de la sociedad y los negocios —la tradicional «sal de la tierra» de Nueva Inglaterra—, dio un resultado casi completamente negativo, aunque aparecen aquí y allá casos dispersos de impresiones nocturnas inquietantes pero sin forma, siempre entre el 23 de marzo y el 2 de abril, el periodo del delirio del joven Wilcox. Los científicos se vieron poco más afectados, aunque cuatro casos de vaga descripción sugieren fugaces atisbos de paisajes extraños y en uno de ellos se menciona el temor a algo anormal.

Fue de los artistas y poetas de donde salieron las respuestas pertinentes y sé que se habría desatado el pánico si hubieran podido comparar notas. Así las cosas, al carecer de sus cartas originales, sospeché a medias que el compilador había formulado preguntas capciosas o que había editado la correspondencia para corroborar lo que había resuelto ver de forma latente. Por eso seguía pensando que Wilcox, conocedor de algún modo de los antiguos datos que poseía mi tío, se había aprovechado del veterano científico. Estas respuestas de los estetas contaban una historia inquietante. Del 28 de febrero al 2 de abril una gran proporción de ellos había soñado cosas muy extrañas, siendo la intensidad de los sueños inconmensurablemente mayor durante el periodo de delirio del escultor. Más de una cuarta parte de los que informaron de algo relataron escenas y sonidos a medias no muy diferentes de los que Wilcox había descrito y algunos de los soñadores confesaron un miedo agudo a la gigantesca cosa sin nombre visible hacia el final. Un caso, que la nota describe con énfasis, fue muy triste. El sujeto, un arquitecto muy conocido con inclinaciones hacia la teosofía y el ocultismo, enloqueció violentamente en la fecha del ataque del joven Wilcox y expiró varios meses después tras incesantes gritos pidiendo ser salvado de algún habitante fugitivo del infierno. Si mi tío se hubiera referido a estos casos por su nombre en lugar de meramente por su número, yo habría intentado alguna corroboración e investigación personal pero, tal como estaban las cosas, sólo logré rastrear unos pocos. Todos ellos, sin embargo, corroboraban las notas en su totalidad. A menudo me he preguntado si todos los sujetos que fueron objeto del interrogatorio del profesor se sintieron tan desconcertados como esta selección. Es bueno que nunca obtengan una explicación.

Los recortes de prensa, como ya he insinuado, trataban casos de pánico, manía y excentricidad durante el periodo indicado. El Profesor Angell debió de emplear un buró de recortes, pues el número de extractos era tremendo y las fuentes dispersas por todo el globo. He aquí un suicidio nocturno en Londres, donde un durmiente solitario había saltado de una ventana tras un grito estremecedor. He aquí igualmente una incoherente carta al director de un periódico de Sudamérica, en la que un fanático deduce un futuro funesto a partir de visiones que ha tenido. Un despacho de California describe una colonia teósofa que se viste en masa con túnicas blancas para alguna «gloriosa realización» que nunca llega, mientras que artículos de la India hablan con cautela de graves disturbios entre los nativos hacia finales de marzo. Las orgías vudú se multiplican en Haití y los destacamentos africanos informan de murmullos ominosos. Los oficiales estadounidenses en Filipinas encuentran que ciertas tribus les resultan molestas por estas fechas y los policías de Nueva York son asaltados por levantinos histéricos en la noche del 22 al 23 de marzo. También el oeste de Irlanda está lleno de rumores y leyendas salvajes y un pintor fantástico llamado Ardois-Bonnot cuelga un blasfemo «Paisaje de ensueño» en el Salón de Primavera de París de 1926. Y son tan numerosos los trastornos registrados en manicomios que sólo un milagro puede haber impedido que la fraternidad médica observara extraños paralelismos y extrajera conclusiones desconcertantes. Un extraño conjunto de recortes, en suma... y en estos momentos apenas puedo imaginar el insensible racionalismo con el que los dejé de lado. Pero en aquel entonces yo estaba convencido de que el joven Wilcox había tenido conocimiento de los asuntos más antiguos mencionados por el profesor.

2. El relato del Inspector Legrasse

Los asuntos más antiguos que habían hecho que el sueño y el bajorrelieve del escultor fueran tan significativos para mi tío constituyeron el tema de la segunda mitad de su largo manuscrito. Al parecer, en una ocasión anterior, el Profesor Angell había visto los contornos infernales de la monstruosidad sin nombre, se había intrigado con los jeroglíficos desconocidos y había oído las ominosas sílabas que sólo pueden traducirse como «Cthulhu», y todo ello relacionado de forma tan perturbadora y horrible que no es de extrañar que acosara al joven Wilcox con preguntas y solicitudes de datos.

Esta experiencia anterior había tenido lugar en 1908, diecisiete años antes, cuando la Sociedad Arqueológica Americana celebró su reunión anual en St. Louis. El Profesor Angell, como correspondía a alguien de su autoridad y sus logros, había tenido un papel destacado en todas las deliberaciones y fue uno de los primeros en ser abordado por los varios extranjeros que aprovecharon la convocatoria para plantear preguntas que necesitaban una respuesta correcta y problemas que requerían una solución experta.

El principal de estos extranjeros, y en poco tiempo el centro de interés de toda la reunión, era un hombre de mediana edad y aspecto corriente que había viajado desde Nueva Orleans en busca de cierta información especial que no se podía obtener de ninguna fuente local. Se llamaba John Raymond Legrasse y era de profesión inspector de policía. Con él llevaba el objeto de su visita, una estatuilla de piedra grotesca, repulsiva y aparentemente muy antigua cuyo origen no lograba determinar.

No debe creerse que el Inspector Legrasse tuviera el menor interés por la arqueología. Al contrario, su deseo de esclarecimiento obedecía a consideraciones puramente profesionales. La estatuilla, ídolo, fetiche, o lo que fuera, había sido capturada unos meses antes en los pantanos boscosos al sur de Nueva Orleans durante una incursión en una supuesta reunión vudú y tan singulares y horrendos eran los ritos relacionados con ella que la policía no pudo sino darse cuenta de que habían tropezado con un oscuro culto totalmente desconocido para ellos e infinitamente más diabólico que incluso el más negro de los círculos vudú africanos. De su origen, aparte de los erráticos e increíbles relatos arrancados a los miembros capturados, no se pudo descubrir absolutamente nada, de ahí la ansiedad de la policía por conocer cualquier dato anticuario que pudiera ayudarles a situar el espantoso símbolo y, a través de él, rastrear el culto hasta su origen.

El Inspector Legrasse apenas estaba preparado para la sensación que causó su ofrenda. Una sola visión de la cosa había bastado para sumir a los hombres de ciencia reunidos en un estado de tensa excitación y no tardaron en agruparse a su alrededor para contemplar la diminuta figura cuya absoluta extrañeza y aire de antigüedad genuinamente abismal insinuaban con tanta potencia unas visiones arcaicas y sin revelar. Ninguna escuela reconocida de escultura había animado este terrible objeto y, sin embargo, siglos e incluso miles de años parecían grabados en su tenue y verdosa superficie de piedra insustituible.

La figura, que finalmente fue pasada lentamente de persona a persona para su estudio minucioso y cuidadoso medía entre siete y ocho pulgadas y era de exquisita factura artística. Representaba un monstruo de contorno vagamente antropoide, pero con una cabeza parecida a la de un pulpo cuyo rostro era una masa de antenas, un cuerpo escamoso y de aspecto gomoso, garras prodigiosas en las patas traseras y delanteras, y unas alas largas y estrechas detrás. Esta cosa, que parecía instinada con una malignidad temible y antinatural, era de una corpulencia algo hinchada y estaba acuclillada malignamente sobre un bloque rectangular o pedestal cubierto de caracteres indescifrables. Las puntas de las alas tocaban el borde posterior del bloque, el asiento ocupaba el centro, mientras que las largas y curvadas garras de las patas traseras dobladas y agazapadas se agarraban al borde delantero y se extendían una cuarta parte hacia la parte inferior del pedestal. La cabeza del cefalópodo estaba inclinada hacia delante, de modo que los extremos de las antenas faciales rozaban la parte posterior de las enormes patas delanteras que sujetaban las rodillas elevadas del acuclillado. El aspecto del conjunto era anormalmente realista y aún más sutilmente aterrador porque su origen era totalmente desconocido. Su vasta, imponente e incalculable antigüedad era inconfundible, sin embargo, no mostraba ningún vínculo con ningún tipo de arte conocido perteneciente a la juventud de la civilización... o, de hecho, a ninguna otra época.

Absolutamente aparte y por separado, su propio material era un misterio pues la piedra jabonosa, de color negro verdoso, con sus motas y estrías doradas o iridiscentes, no se parecía a nada familiar a la geología o la mineralogía. Los caracteres a lo largo de la base eran igualmente desconcertantes y ningún miembro presente, a pesar de una representación de la mitad del mundo experta en este campo, pudo formarse la menor noción de su más remoto parentesco lingüístico. Al igual que el tema y el material, pertenecían a algo horriblemente remoto y distinto de la humanidad tal y como la conocemos, algo espantosamente sugestivo de ciclos de vida antiguos y profanos en los que nuestro mundo y nuestras concepciones no tienen nada que ver.

Y sin embargo, mientras los miembros sacudían la cabeza por separado y se confesaban derrotados ante el problema del inspector, hubo un hombre en aquella reunión que intuyó un toque de extraña familiaridad en la monstruosa forma y escritura y en seguida contó, con cierta timidez, la extraña nimiedad que conocía. Esta persona era el difunto William Channing Webb, profesor de antropología en la Universidad de Princeton y explorador de no poca nota.

El Profesor Webb había emprendido, cuarenta y ocho años antes, un viaje por Groenlandia e Islandia en busca de unas inscripciones rúnicas que no consiguió desenterrar y mientras se encontraba en lo alto de la costa occidental de Groenlandia se había topado con una singular tribu o culto de esquimales degenerados cuya religión, una curiosa forma de adoración al diablo, le dejó helado por su deliberada sed de sangre y su repulsividad. Era una fe de la que los demás esquimales sabían poco y que mencionaban sólo con escalofríos, diciendo que había descendido de eones horriblemente antiguos, antes de que existiera el mundo. Además de ritos sin nombre y sacrificios humanos había ciertos extraños rituales hereditarios dirigidos a un diablo anciano supremo, o tornasuk, y de esto el Profesor Webb había tomado una cuidadosa copia fonética de un anciano angekok, o sacerdote mago, expresando los sonidos en letras romanas lo mejor que sabía. Pero ahora lo más importante era el fetiche que este culto había acariciado y alrededor del cual bailaban cuando la aurora saltaba por encima de los acantilados de hielo. Se trataba, según declaró el profesor, de un bajorrelieve de piedra muy tosco, compuesto por una horrible imagen y alguna escritura críptica. Y, por lo que pudo comprobar, era un burdo paralelismo en todos los rasgos esenciales de la bestial cosa que ahora yacía ante la reunión.

Estos datos, recibidos con suspenso y asombro por los miembros reunidos, resultaron doblemente excitantes para el Inspector Legrasse y comenzó de inmediato a apremiar a su informante con preguntas. Habiendo anotado y copiado un ritual oral entre los adoradores del culto del pantano que sus hombres habían detenido, rogó al profesor que recordara lo mejor posible las sílabas anotadas entre los esquimales diabolistas. Siguió entonces una exhaustiva comparación de detalles y un momento de silencio realmente sobrecogedor cuando tanto el detective como el científico coincidieron en la identidad prácticamente total de la frase común a dos rituales infernales separados por tantos mundos de distancia. Lo que, en esencia, tanto los magos esquimales como los sacerdotes de los pantanos de Luisiana habían cantado a sus ídolos afines era algo muy parecido a esto... las divisiones de palabras se deducían de las pausas tradicionales en la frase cantada en voz alta:

«Ph'nglui mglw'nafh Cthulhu R'lyeh wgah'nagl fhtagn.»

Legrasse llevaba un punto de ventaja al Profesor Webb, ya que varios de sus prisioneros mestizos le habían repetido lo que los celebrantes de más edad les habían dicho que significaban las palabras. Este texto, tal y como se lo transmitieron, decía algo así:

«En su casa de R'lyeh, Cthulhu muerto espera soñando».

Y ahora, en respuesta al pedido general, el Inspector Legrasse relató lo más detalladamente posible su experiencia con los adoradores del pantano, contando una historia a la que pude ver que mi tío concedía un profundo significado. Sabía a los sueños más salvajes de los creadores de mitos y teósofos y revelaba un grado asombroso de imaginación cósmica entre los mestizos y parias que menos cabría esperar que la poseyeran.

El 1 de noviembre de 1907 llegó a la policía de Nueva Orleans una frenética llamada de la región de pantanos y lagunas del sur. Los ocupantes de allí, en su mayoría primitivos pero bondadosos descendientes de los hombres de Lafitte, estaban presos de un terror atroz a causa de una cosa desconocida que les había asaltado por la noche. Era vudú, aparentemente, pero vudú de un tipo más terrible que el que habían conocido nunca y algunas de sus mujeres y niños habían desaparecido desde que el malévolo tom-tom había comenzado su incesante latido, lejos, en los negros bosques encantados donde ningún habitante se aventuraba. Hubo gritos demenciales y alaridos desgarradores, cánticos que helaban el alma y danzas con llamas diabólicas y, añadió el asustado mensajero, la gente no podía soportarlo más.

Así que un cuerpo de veinte policías, llenando dos vagones y un automóvil, se había puesto en marcha a última hora de la tarde con el tembloroso ocupante como guía. Al final de la carretera transitable se apearon y durante kilómetros avanzaron en silencio por los terribles bosques de cipreses donde nunca llegaba el día. Feas raíces y malignos lazos colgantes de musgo español les acosaban y de vez en cuando un montón de piedras húmedas o fragmentos de un muro podrido intensificaban con su indicio de morbosa morada una depresión que cada árbol malformado y cada islote fúngico contribuía a crear. Por fin se divisó el ocupamiento de colonos, un miserable montón de chozas, y los histéricos habitantes salieron corriendo para agruparse en torno al grupo de linternas oscilantes. El golpe sordo de los tom-toms era ahora débilmente audible a lo lejos, muy lejos, y un chillido cuajado llegaba a intervalos infrecuentes cuando el viento cambiaba de dirección. Un resplandor rojizo, también, parecía filtrarse a través de la pálida maleza más allá de las interminables avenidas de la noche del bosque. Reacios incluso a que les volvieran a dejar solos, cada uno de los acobardados ocupantes se negó rotundamente a avanzar ni una pulgada más hacia la escena del culto impío, por lo que el Inspector Legrasse y sus diecinueve colegas se adentraron sin guía en negras arcadas de horror que ninguno de ellos había pisado antes.

La región en la que ahora entraba la policía tenía una reputación tradicionalmente maléfica, sustancialmente desconocida y jamás transitada por los hombres blancos. Existían leyendas de un lago oculto, no vislumbrado por la vista de los mortales, en el que habitaba un enorme ser polipoide blanco e informe con ojos luminosos y los ocupantes susurraban que demonios con alas de murciélago salían volando de las cavernas del interior de la tierra para adorarlo a medianoche. Decían que había estado allí antes que D'Iberville, antes que La Salle, antes que los indios y antes incluso que las sanas bestias y pájaros del bosque. Era la pesadilla misma y verlo era morir. Pero hacía soñar a los hombres y por eso sabían lo suficiente como para mantenerse alejados. La presente orgía vudú se encontraba, en efecto, en la mera periferia de esta aborrecida zona, pero esa ubicación ya era suficientemente mala, de ahí que tal vez el propio lugar del culto hubiera aterrorizado a los ocupantes más que los estremecedores sonidos e incidentes.

Sólo la poesía o la locura podrían hacer justicia a los ruidos que oían los hombres de Legrasse mientras avanzaban a través del negro cenagal hacia el rojo resplandor y los amortiguados tom-toms. Hay cualidades vocales propias de los hombres y cualidades vocales propias de las bestias y es terrible oír las unas cuando la fuente debería producir las otras. La furia animal y la licencia orgiástica se fustigaban aquí hasta cotas demoníacas mediante aullidos y éxtasis graznantes que desgarraban y reverberaban por aquellos bosques nocturnos como tempestades pestilentes procedentes de los golfos del infierno. De vez en cuando cesaban las ululaciones menos coordinadas y, de lo que parecía un coro bien entrenado de voces roncas, se elevaba en canto entonado aquella horrible frase o ritual:

«Ph'nglui mglw'nafh Cthulhu R'lyeh wgah'nagl fhtagn.»

Entonces los hombres, habiendo llegado a un lugar donde los árboles eran menos densos, se encontraron de repente a la vista del espectáculo en sí. Cuatro de ellos se tambaleaban, uno se desmayó y dos se agitaron en un grito frenético que la loca cacofonía de la orgía afortunadamente acalló. Legrasse arrojó agua del pantano sobre la cara del desmayado y todos se quedaron temblando y casi hipnotizados por el horror.

En un claro natural del pantano había una isla cubierta de hierba de quizás un acre de extensión, despejada de árboles y tolerablemente seca. Sobre ella saltaba y se retorcía ahora una horda de anormalidad humana más indefinible de lo que cualquiera salvo Sime o Angarola podría pintar. Desprovistos de vestimenta, estos engendros híbridos rebuznaban, bramaban y se retorcían alrededor de una monstruosa hoguera en forma de anillo; en el centro de la cual, revelado por ocasionales hendiduras en la cortina de llamas, se alzaba un gran monolito de granito de unos ocho pies de altura; encima del cual, incongruente en su pequeñez, descansaba la nociva estatuilla tallada. De un amplio círculo de diez andamios colocados a intervalos regulares con el monolito de faldas de llamas como centro colgaban, cabeza abajo, los cuerpos extrañamente desfigurados de los indefensos ocupantes que habían desaparecido. Era dentro de este círculo donde el anillo de adoradores saltaba y rugía, pues la dirección general del movimiento de la masa era de izquierda a derecha en una bacanal interminable entre el anillo de cuerpos y el anillo de fuego.

Puede que sólo fuera imaginación y puede que sólo fueran ecos lo que indujo a uno de los hombres, un español excitable, a fantasear que oía respuestas antifonales al ritual desde algún lugar lejano y carente de iluminación, en lo más profundo del bosque, de antiguas leyendas y horrores. A este hombre, Joseph D. Gálvez, lo conocí más tarde y lo interrogué, y resultó ser distraídamente imaginativo. De hecho, llegó a insinuar el débil batir de grandes alas y a vislumbrar unos ojos brillantes y una mole blanca y montañosa más allá de los árboles más remotos; pero supongo que había estado oyendo demasiadas supersticiones nativas.

En realidad, la horrorizada pausa de los hombres fue de duración comparativamente breve. El deber era lo primero y aunque debía de haber casi un centenar de celebrantes mestizos en la muchedumbre, la policía confió en sus armas de fuego y se zambulló con determinación en la horda nauseabunda. Durante cinco minutos el estruendo y el caos resultantes fueron indescriptibles. Se produjeron golpes salvajes, disparos y fugas pero, al final, Legrasse pudo contar unos cuarenta y siete hoscos prisioneros a los que obligó a vestirse apresuradamente y a colocarse en una sola fila, entre dos filas de policías. Cinco de los fieles yacían muertos y dos gravemente heridos fueron llevados en camillas improvisadas por sus compañeros de prisión. La imagen del monolito, por supuesto, fue cuidadosamente retirada y traída de vuelta por Legrasse.

Examinados en el cuartel general tras un viaje agotador, todos los prisioneros resultaron ser hombres de un tipo muy bajo, mestizos y mentalmente aberrantes. La mayoría eran marineros y una pizca de negros y mulatos, en su mayoría antillanos o portugueses de Brava procedentes de las islas de Cabo Verde, daba un tinte de vudú al heterogéneo culto. Pero antes de que se hicieran muchas preguntas, se hizo evidente que se trataba de algo mucho más profundo y antiguo que el fetichismo negro. Degradadas e ignorantes como eran, las criaturas se aferraban con sorprendente coherencia a la idea central de su repugnante fe.

Adoraban, según decían, a los Grandes Antiguos que vivieron siglos antes de que existieran los hombres y que vinieron al joven mundo desde el cielo. Esos Antiguos se habían ido ahora, al interior de la tierra y bajo el mar, pero sus cadáveres habían contado sus secretos en sueños al primer hombre, que formó un culto que nunca había muerto. Éste era ese culto y los prisioneros decían que siempre había existido y siempre existiría, oculto en yermos lejanos y lugares oscuros de todo el mundo hasta el momento en que el gran sacerdote Cthulhu, desde su oscura casa en la poderosa ciudad de R'lyeh bajo las aguas, se alzara y volviera a poner la tierra bajo su dominio. Algún día llamaría, cuando las estrellas estuvieran preparadas, y el culto secreto siempre estaría esperando para liberarlo.

Mientras tanto no debía contarse nada más. Había un secreto que ni siquiera la tortura podía extraer. La humanidad no estaba absolutamente sola entre las cosas conscientes de la tierra, pues las formas salían de la oscuridad para visitar a los pocos fieles. Pero éstas no eran los Grandes Antiguos. Ningún hombre había visto jamás a los Antiguos. El ídolo tallado era el gran Cthulhu, pero nadie podía decir si los otros eran precisamente como él o no. Ya nadie podía leer la antigua escritura, pero las cosas se contaban de boca en boca. El ritual cantado no era el secreto; eso nunca se decía en voz alta, sólo se susurraba. El canto sólo significaba esto «En su casa de R'lyeh Cthulhu muerto espera soñando».

Sólo dos de los prisioneros fueron considerados lo suficientemente cuerdos como para ser ahorcados y el resto de ellos fueron internados en diversas instituciones. Todos negaron haber participado en los asesinatos rituales y afirmaron que la matanza había sido obra de unos alados negros que habían acudido a ellos desde su lugar de reunión inmemorial en el bosque encantado. Pero de aquellos misteriosos aliados nunca pudo obtenerse un relato coherente. Lo que sí extrajo la policía procedía principalmente de un mestizo inmensamente anciano llamado Castro que afirmaba haber navegado a puertos extraños y hablado con los líderes inmortales del culto en las montañas de China.

El viejo Castro recordaba trozos de horribles leyendas que tornaban pálidas las especulaciones de los teósofos y hacían que el hombre y el mundo parecieran verdaderamente recientes y pasajeros. Había habido eones en los que otras Cosas reinaban sobre la tierra y Ellos habían tenido grandes ciudades. Restos de Ellos, según le habían dicho los chinos inmortales, aún se encontraban como piedras ciclópeas en islas del Pacífico. Todos murieron en extensas épocas antes de que llegara el hombre pero existían artes que podían revivirlos, cuando las estrellas retornaban a las posiciones correctas en el ciclo de la eternidad. Habían, en efecto, venido Ellos mismos de las estrellas y traído Sus imágenes con Ellos.

Estos Grandes Antiguos, continuó Castro, no estaban compuestos totalmente de carne y hueso. Tenían forma —¿acaso no lo demostraba esta imagen modelada por las estrellas?— pero esa forma no estaba hecha de materia. Cuando las estrellas estaban en su lugar, podían lanzarse de un mundo a otro a través del cielo pero cuando las estrellas estaban incorrectas, no podían vivir. Pero aunque ya no vivían nunca morirían realmente. Todos yacían en casas de piedra en Su gran ciudad de R'lyeh, preservados por los hechizos del poderoso Cthulhu para una gloriosa resurrección cuando las estrellas y la tierra estuvieran una vez más preparadas para Ellos. Pero en ese momento alguna fuerza del exterior debía servir para liberar Sus cuerpos. Los hechizos que los preservaban intactos les impedían igualmente hacer un movimiento inicial y sólo podían permanecer despiertos en la oscuridad y pensar mientras transcurrían incontables millones de años. Ellos sabían todo lo que ocurría en el universo pues Su modo de hablar era el pensamiento transmitido. Incluso ahora hablaban en Sus tumbas. Cuando, tras infinitos caos, llegaron los primeros hombres, los Grandes Antiguos hablaron a los sensibles entre ellos moldeando sus sueños, pues sólo así podía Su lenguaje llegar a las mentes carnales de los mamíferos.

Entonces, susurró Castro, aquellos primeros hombres formaron el culto en torno a pequeños ídolos que los Grandes les mostraron; ídolos traídos en épocas oscuras desde estrellas oscuras. Ese culto nunca moriría hasta que las estrellas volvieran a estar en su sitio y los sacerdotes secretos sacaran al gran Cthulhu de su tumba para revivir a sus súbditos y reanudar su dominio sobre la tierra. El momento sería fácil de conocer, porque entonces la humanidad se habría vuelto como los Grandes Antiguos: libre y salvaje y más allá del bien y del mal, con las leyes y la moral desechadas y todos los hombres gritando y matando y deleitándose en la alegría. Entonces los Antiguos liberados les enseñarían nuevas formas de gritar y matar y deleitarse y disfrutar, y toda la tierra ardería en un holocausto de éxtasis y libertad. Mientras tanto, el culto, mediante ritos apropiados, debe mantener vivo el recuerdo de aquellas antiguas costumbres y dar sombra a la profecía de su retorno.

En la época más antigua, los hombres elegidos habían hablado con los Ancianos sepultados en sueños, pero entonces algo había sucedido. La gran ciudad de piedra de R'lyeh, con sus monolitos y sepulcros, se había hundido bajo las olas y las aguas profundas, llenas del único misterio primigenio a través del cual ni siquiera el pensamiento puede pasar, habían cortado el trato espectral. Pero la memoria nunca moría y los sumos sacerdotes decían que la ciudad volvería a levantarse cuando las estrellas estuvieran en su sitio. Entonces salieron de la tierra los espíritus negros de la tierra, mohosos y sombríos y llenos de oscuros rumores recogidos en cavernas bajo fondos marinos olvidados. Pero de ellos el viejo Castro no se atrevió a hablar mucho. Se interrumpió a sí mismo rápidamente y ninguna dosis de persuasión o sutileza pudo suscitar más en esta dirección. También se negó curiosamente a mencionar el tamaño de los Antiguos. Del culto, dijo que creía que el centro se encontraba en los desiertos sin senderos de Arabia, donde Irem, la Ciudad de los Pilares, sueña oculta e intacta. No estaba aliado con el culto europeo a las brujas y era prácticamente desconocido más allá de sus miembros. Ningún libro lo había insinuado realmente, aunque los chinos inmortales decían que había doble sentido en el *Necronomicón* del árabe loco Abdul Alhazred que los iniciados podían leer como quisieran, especialmente el dístico tan discutido:

«No está muerto lo que puede yacer eternamente,
y con extraños eones incluso la muerte puede morir».

Legrasse, profundamente impresionado y no poco desconcertado, había indagado en vano sobre las afiliaciones históricas del culto. Castro, al parecer, había dicho la verdad cuando afirmó que era totalmente secreto. Las autoridades de la Universidad de Tulane no podían arrojar ninguna luz ni sobre el culto ni sobre la imagen y ahora el detective había acudido a las más altas autoridades del país y no había encontrado más que el cuento groenlandés del Profesor Webb.

El febril interés suscitado en la reunión por el relato de Legrasse, corroborado como estaba por la estatuilla, se repite en la correspondencia posterior de los asistentes, aunque apenas se menciona en la publicación formal de la sociedad. La precaución es el primer cuidado de quienes están acostumbrados a enfrentarse a charlatanerías e imposturas ocasionales. Legrasse prestó durante algún tiempo la imagen al Profesor Webb, pero a la muerte de éste le fue devuelta y permanece en su poder, donde la contemplé no hace mucho. Es realmente una cosa terrible, e inconfundiblemente parecida a la escultura-sueño del joven Wilcox.

No me extrañó que mi tío se entusiasmara con el relato del escultor, pues ¿qué pensamientos debían surgir al oír, tras conocer lo que Legrasse había aprendido del culto, de un joven sensible que había soñado no sólo con la figura y los jeroglíficos exactos de la imagen encontrada en el pantano y de la tablilla del diablo de Groenlandia, sino que había dado en sueños con al menos tres de las palabras precisas de la fórmula pronunciada por igual por diabolistas esquimales y por mestizos de Luisiana? El inicio instantáneo por parte del Profesor Angell de una investigación de la mayor minuciosidad fue eminentemente natural... aunque en privado sospeché que el joven Wilcox había oído hablar del culto de alguna manera indirecta y que había inventado una serie de sueños para aumentar y continuar el misterio a costa de mi tío. Los relatos de los sueños y los recortes recogidos por el profesor eran, por supuesto, una fuerte corroboración pero el racionalismo de mi mente y la extravagancia de todo el asunto me llevaron a adoptar lo que me parecieron las conclusiones más sensatas. Así que, tras estudiar de nuevo a fondo el manuscrito y correlacionar las notas teosóficas y antropológicas con la narración del culto de Legrasse, hice un viaje a Providence para ver al escultor y reprenderle como creía oportuno por imponerse tan osadamente a un hombre erudito y anciano.

Wilcox aún vivía solo en el edificio Fleur-de-Lys de la calle Thomas, una horrible imitación victoriana de la arquitectura bretona del siglo XVII que ostenta su fachada estucada en medio de las encantadoras casas coloniales de la antigua colina y bajo la sombra misma del mejor campanario georgiano de América. Le encontré trabajando en sus habitaciones y enseguida reconocí por los ejemplares esparcidos que su genio es realmente profundo y auténtico. Creo que alguna vez se oirá hablar de él como de uno de los grandes decadentes pues ha cristalizado en arcilla y algún día reflejará en mármol aquellas pesadillas y fantasías que Arthur Machen evoca en prosa y Clark Ashton Smith hace visibles en verso y en pintura.

Moreno, frágil y de aspecto algo desaliñado, se volvió lánguidamente al oír mi llamada y me preguntó por mis asuntos sin levantarse. Cuando le dije quién era, mostró cierto interés, pues mi tío había despertado su curiosidad al sondear sus extraños sueños, pero nunca le había explicado el motivo del estudio. No amplié sus conocimientos al respecto sino que traté de sonsacarle algo con cierta sutileza.

En poco tiempo me convencí de su absoluta sinceridad, pues hablaba de los sueños de un modo que nadie podía confundir. Ellos y su residuo subconsciente habían influido profundamente en su arte y me mostró una estatua mórbida cuyos contornos casi me hicieron temblar por la potencia de su negra sugestión. No recordaba haber visto el original de aquella cosa salvo en su propio bajorrelieve onírico pero los contornos se habían formado insensiblemente bajo sus manos. Era, sin duda, la forma gigante sobre la que había divagado en el delirio. Que realmente no sabía nada del culto oculto, salvo lo que el implacable catecismo de mi tío había dejado entrever, no tardó en dejarlo claro; y de nuevo me esforcé por pensar en alguna forma en la que posiblemente hubiera recibido las extrañas impresiones.

Hablaba de sus sueños de un modo extrañamente poético, haciéndome ver con terrible viveza la húmeda ciudad ciclópea de viscosa piedra verde —cuya geometría, extrañamente dijo, era toda errónea— y oír con asustada expectación la incesante llamada casi espiritual desde el subsuelo: «Cthulhu fhtagn», «Cthulhu fhtagn».

Estas palabras habían formado parte de aquel espantoso ritual que hablaba del sueño-vigilia de Cthulhu muerto en su bóveda de piedra de R'lyeh y me sentí profundamente conmovido a pesar de mis creencias racionales. Wilcox, estaba seguro, había oído hablar del culto de algún modo casual y pronto lo había olvidado entre la masa de sus lecturas e imaginaciones igualmente extrañas. Más tarde, en virtud de su pura impresión, había encontrado una expresión subconsciente en sueños en el bajorrelieve y en la terrible estatua que ahora contemplaba; de modo que su impostura a mi tío había sido muy inocente. El joven era de un tipo a la vez un poco afectado y un poco maleducado que nunca pudo agradarme pero ahora yo estaba lo suficientemente dispuesto a admitir tanto su genio como su honestidad. Me despedí de él amistosamente y le deseo todo el éxito que su talento promete.

El asunto de la secta seguía fascinándome y a veces tenía veleidades de fama personal gracias a las investigaciones sobre su origen y sus conexiones. Visité Nueva Orleans, hablé con Legrasse y otros de aquel antiguo destacamento de incursores, vi la espantosa imagen e incluso interrogué a los prisioneros mestizos que aún sobrevivían. El viejo Castro, por desgracia, llevaba varios años muerto. Lo que ahora oía tan gráficamente de primera mano, aunque en realidad no era más que una confirmación detallada de lo que mi tío había escrito, me excitó nuevamente pues me sentía seguro de estar tras la pista de una religión muy real, muy secreta y muy antigua cuyo descubrimiento me convertiría en un notable antropólogo. Mi actitud seguía siendo la de un materialismo absoluto, como me gustaría que siguiera siendo, y descarté con una perversidad casi inexplicable la coincidencia de las notas de los sueños y los recortes extraños recopilados por el Profesor Angell.

Una cosa que empecé a sospechar, y que ahora temo saber, es que la muerte de mi tío distó mucho de ser natural. Cayó en una estrecha calle de la colina que sube desde un antiguo muelle plagado de mestizos extranjeros, tras un descuidado empujón de un marinero negro. No olvidé la mezcla de sangre y actividades marinas de los miembros de la secta en Luisiana y no me sorprendería saber de métodos secretos y agujas envenenadas tan despiadados y tan ancestralmente conocidos como los ritos y las creencias crípticas. Es cierto que se ha dejado en paz a Legrasse y a sus hombres pero en Noruega ha muerto cierto marino que vio cosas. ¿No habrán llegado a oídos siniestros las indagaciones más profundas de mi tío tras conocer los datos del escultor? Creo que el Profesor Angell murió porque sabía demasiado o porque era probable que aprendiera demasiado. Queda por ver si yo haré lo mismo que él pues ahora he aprendido mucho.

3. La locura del mar

Si alguna vez el cielo quiere concederme una bendición será la de borrar por completo los resultados de una mera casualidad que fijó mi vista en cierto trozo de papel de estantería extraviado. No era nada con lo que habría tropezado naturalmente en el curso de mi ronda diaria pues se trataba de un viejo número de una revista australiana, el Sydney Bulletin del 18 de abril de 1925. Había escapado incluso a la oficina de recortes que en el momento de su emisión había estado recopilando ávidamente material para la investigación de mi tío.

Yo había abandonado en gran parte mis indagaciones sobre lo que el Profesor Angell llamaba el «Culto Cthulhu» y estaba visitando a un erudito amigo de Paterson, Nueva Jersey, conservador de un museo local y mineralogista notable. Examinando un día los especímenes de reserva colocados toscamente en los estantes de almacenamiento de una sala trasera del museo, me llamó la atención una extraña fotografía en uno de los viejos papeles extendidos bajo las piedras. Era el Sydney Bulletin que he mencionado, pues mi amigo tiene amplias afiliaciones en todas las partes imaginables del extranjero y el cuadro era un corte a semitono de una horrible imagen de piedra casi idéntica a la que Legrasse había encontrado en el pantano.

Despejando ansiosamente la hoja de su precioso contenido, escudriñé el artículo en detalle y me decepcionó comprobar que sólo tenía una extensión modesta. Lo que sugería, sin embargo, era de un significado portentoso para mi desfalleciente búsqueda y lo arranqué cuidadosamente para actuar de inmediato. Decía lo siguiente:

MISTERIOSO DERRELICTO HALLADO EN EL MAR

El Vigilant llega con un yate neozelandés armado, indefenso y a remolque. Un superviviente y un muerto encontrados a bordo. Relato de una batalla desesperada y de muertes en alta mar. El marinero rescatado rechaza los detalles de su extraña experiencia. Extraño ídolo hallado en su poder. Investigación pendiente.

El carguero Vigilant de la Morrison Co., procedente de Valparaíso, llegó esta mañana a su muelle en Darling Harbour, llevando a remolque el yate de vapor Alert de Dunedin, N. Z., averiado pero fuertemente armado, que fue avistado el 12 de abril en la latitud S. 34° 21', longitud O. 152° 17', con un hombre vivo y otro muerto a bordo.

El Vigilant zarpó de Valparaíso el 25 de marzo y el 2 de abril fue desviado considerablemente de su rumbo por tormentas excepcionalmente fuertes y olas monstruosas. El 12 de abril se avistó el buque abandonado y aunque aparentemente estaba abandonado, al abordarlo se comprobó que contenía un superviviente en estado medio delirante y un hombre que evidentemente llevaba muerto más de una semana.

El hombre vivo aferraba un horrible ídolo de piedra de origen desconocido, de un pie de altura, respecto a cuya naturaleza las autoridades de la Universidad de Sydney, la Royal Society y el Museo de College Street manifiestan su total desconcierto y que el superviviente dice haber encontrado en el camarote del yate, en un pequeño relicario tallado con motivos comunes.

Este hombre, tras recobrar el sentido, contó una historia sumamente extraña de piratería y matanzas. Se trata de Gustaf Johansen, un noruego de cierta inteligencia que había sido segundo oficial de la goleta de dos mástiles Emma de Auckland, el cual zarpó hacia el Callao el 20 de febrero, con una dotación de once hombres.

El Emma, dice, fue retrasado y desviado ampliamente de su rumbo hacia el sur por la gran tormenta del 1 de marzo y el 22 de marzo, en la latitud S. 49° 51', longitud O. 128° 34', se encontró con el Alert, tripulado por una extraña y malvada tripulación de canacos y mestizos. Al ordenársele perentoriamente que diera media vuelta, el Capitán Collins se negó, tras lo cual la extraña tripulación comenzó a disparar salvajemente y sin previo aviso contra la goleta con una batería peculiarmente pesada de cañones de bronce que formaban parte del equipo del yate.

Los hombres del Emma se mostraron luchadores, dice el superviviente, y aunque la goleta empezó a hundirse por los disparos bajo la línea de flotación, consiguieron ponerse al lado de su enemigo y abordarlo, forcejear con la salvaje tripulación en la cubierta del yate y verse obligados a matarlos a todos, siendo ligeramente superiores en número, debido a su modo de lucha particularmente aborrecible y desesperado, aunque bastante torpe.

Tres de los hombres del Emma, entre ellos el Capitán Collins y el Primer Oficial Green, resultaron muertos, y los ocho restantes, al mando del Segundo Oficial Johansen, procedieron a navegar en el yate capturado, adelantándose en su dirección original para ver si había existido alguna razón para darles la orden de regresar.

Al día siguiente, al parecer, se levantaron y desembarcaron en una pequeña isla, aunque no se sabe que exista ninguna en esa parte del océano, y seis de los hombres murieron de algún modo en tierra, aunque Johansen es extrañamente reticente sobre esta parte de su historia y sólo habla de que cayeron a un abismo rocoso.

Más tarde, al parecer, él y un compañero subieron a bordo del yate e intentaron manejarlo pero fueron azotados por la tormenta del 2 de abril.

Desde ese momento hasta su rescate el día 12 el hombre recuerda poco y ni siquiera recuerda cuándo murió William Briden, su compañero. La muerte de Briden no revela ninguna causa aparente y probablemente se debió a la excitación o a la exposición.

Los telegramas de Dunedin informan de que el Alert era muy conocido allí como mercante de la isla y tenía mala reputación en los muelles. Era propiedad de un curioso grupo de mestizos cuyas frecuentes reuniones y viajes nocturnos al bosque atraían no poca curiosidad y había zarpado con gran prisa justo después de la tormenta y los temblores de tierra del 1 de marzo.

Nuestro corresponsal en Auckland da al Emma y a su tripulación una excelente reputación y Johansen es descrito como un hombre sobrio y digno.

El almirantazgo abrirá una investigación sobre todo el asunto a partir de mañana en la que se hará todo lo posible para inducir a Johansen a hablar con más libertad que hasta ahora.

Esto era todo, junto con el cuadro de la imagen infernal, ¡pero qué secuencia de ideas inició en mi mente! Aquí había nuevos tesoros de datos sobre el Culto Cthulhu y pruebas de que tenía extraños intereses tanto en el mar como en tierra. ¿Qué motivo impulsó a la tripulación mestiza a ordenar el regreso del Emma mientras navegaban con su horrible ídolo? ¿Cuál era la isla desconocida en la que habían muerto seis tripulantes del Emma y sobre la que el compañero Johansen se mostraba tan reservado? ¿Qué había sacado a la luz la investigación del vicealmirantazgo y qué se sabía del culto nocivo de Dunedin? Y lo más maravilloso de todo, ¿qué profunda y más que natural vinculación de fechas era ésta que daba un significado maligno y ahora innegable a los diversos giros de los acontecimientos tan cuidadosamente anotados por mi tío?

El 1 de marzo —nuestro 28 de febrero según la Línea Internacional de Fechas— habían llegado el terremoto y la tormenta. Desde Dunedin, el Alert y su ruidosa tripulación se habían lanzado ávidamente como si hubieran sido imperiosamente convocados y al otro lado de la tierra poetas y artistas habían empezado a soñar con una extraña y húmeda ciudad ciclópea mientras un joven escultor moldeaba en sueños la forma del temido Cthulhu. El 23 de marzo, la tripulación del Emma desembarcó en una isla desconocida y dejó seis hombres muertos, ¡y en esa fecha los sueños de los hombres sensibles adquirieron una mayor viveza y se oscurecieron con el pavor de la persecución maligna de un monstruo gigante, mientras que un arquitecto se había vuelto loco y un escultor se sumía súbitamente en el delirio! ¿Y qué hay de esta tormenta del 2 de abril, fecha en la que cesaron todos los sueños de la húmeda ciudad y Wilcox emergió ileso de la esclavitud de la extraña fiebre? ¿Qué hay de todo esto... y de aquellas insinuaciones del viejo Castro sobre los Antiguos hundidos y nacidos de las estrellas y su reino venidero, su culto fiel y su dominio de los sueños? ¿Estaba yo al borde de horrores cósmicos insoportables para el hombre? Si era así, debían de ser horrores sólo de la mente, pues de algún modo el 2 de abril había puesto fin a cualquier monstruosa amenaza que hubiera comenzado su asedio al alma de la humanidad.

Aquella noche, tras un día de apresurados cables y arreglos, me despedí de mi anfitrión y tomé un tren para San Francisco. En menos de un mes estaba en Dunedin, donde, sin embargo, descubrí que poco se sabía de los extraños miembros de la secta que habían merodeado por las viejas tabernas marineras. La suciedad de los muelles era demasiado común para una mención especial, aunque se hablaba vagamente de un viaje al interior que habían hecho estos mestizos durante el cual se notó un débil tamborileo y una llama roja en las colinas distantes.

En Auckland me enteré de que Johansen había regresado con el pelo rubio convertido en blanco después de un interrogatorio superficial e inconcluso en Sydney y que a partir de entonces había vendido su cabaña de West Street y se había embarcado con su esposa rumbo a su antiguo hogar en Oslo. De su conmovedora experiencia no quiso contar a sus amigos más de lo que había contado a los oficiales del almirantazgo, y todo lo que pudieron hacer fue darme su dirección de Oslo.

Después fui a Sydney y hablé sin obtener ningún provecho con marineros y miembros del tribunal del vicealmirantazgo. Vi el Alert, ahora vendido y en uso comercial, en el muelle Circular de la ensenada de Sydney, pero no saqué nada en limpio de su bulto. La imagen agazapada, con su cabeza de sepia, cuerpo de dragón, alas escamosas y pedestal jeroglífico, se conservaba en el Museo de Hyde Park y la estudié largo y tendido, encontrándola una cosa de hechura terriblemente exquisita y con el mismo misterio absoluto, terrible antigüedad y extrañeza sobrenatural del material que había observado en el espécimen más pequeño de Legrasse. Los geólogos, me dijo el conservador, la habían encontrado un monstruoso rompecabezas pues juraban que el mundo no contenía ninguna roca como ésa. Entonces pensé con un escalofrío en lo que el viejo Castro había contado a Legrasse sobre los Grandes primigenios: «Habían venido de las estrellas y habían traído consigo sus imágenes».

Estremecido por una revolución mental como nunca antes había conocido, resolví visitar al compañero Johansen en Oslo. Navegando hacia Londres, reembarqué de inmediato hacia la capital noruega y un día de otoño desembarqué en los muelles recortados a la sombra del Egeberg.

Descubrí que la dirección de Johansen estaba en la Ciudad Vieja del Rey Harold Haardrada, que mantuvo vivo el nombre de Oslo durante todos los siglos en que la gran ciudad se disfrazó de «Christiania». Hice el breve trayecto en taxi y llamé con el corazón palpitante a la puerta de un edificio pulcro y antiguo con la fachada enlucida. Una mujer de negro y rostro triste respondió a mi llamada y sentí una gran decepción cuando me dijo en un inglés entrecortado que Gustaf Johansen ya no existía.

No había sobrevivido mucho a su regreso, dijo su esposa, pues los hechos ocurridos en el mar en 1925 le habían destrozado. No le había contado más de lo que había contado al público pero había dejado un extenso manuscrito —de «asuntos técnicos» como él decía— escrito en inglés, evidentemente para salvaguardarlo del peligro de una lectura casual. Durante un paseo por una estrecha callejuela cercana al muelle de Gotemburgo, un fardo de papeles que caía desde la ventana de un ático le había derribado. Dos marineros lascares le ayudaron enseguida a ponerse en pie, pero había muerto antes de que la ambulancia pudiera llegar hasta él. Los médicos no encontraron ninguna causa adecuada para su final y lo achacaron a problemas cardíacos y a una constitución debilitada.

Ahora sentía roer mis entrañas ese oscuro terror que nunca me abandonará hasta que yo también descanse, «accidentalmente» o no. Convenciendo a la viuda de que mi relación con los «asuntos técnicos» de su marido era suficiente para darme derecho a su manuscrito, me llevé el documento y empecé a leerlo en el barco a Londres.

Era algo sencillo y farragoso —el ingenuo esfuerzo de un marinero por escribir un diario *a posteriori*— y trataba de recordar día a día aquel último y horrible viaje. No puedo intentar transcribirlo textualmente en toda su turbiedad y redundancia pero contaré su esencia lo suficiente como para mostrar por qué el sonido del agua contra los costados del barco se me hizo tan insoportable que taponé mis oídos con algodón.

Johansen, gracias a Dios, no lo supo del todo, aunque vio la ciudad y la Cosa pero nunca volveré a dormir tranquilo cuando piense en los horrores que acechan sin cesar tras la vida en el tiempo y en el espacio y en esas blasfemias profanas de estrellas mayores que sueñan bajo el mar, conocidas y favorecidas por un culto de pesadilla listo y ansioso de soltarlas sobre el mundo en cuanto otro terremoto vuelva a levantar su monstruosa ciudad de piedra al sol y al aire.

El viaje de Johansen había comenzado tal y como se lo contó al vicealmirantazgo. El Emma, en lastre, había salido de Auckland el 20 de febrero y había sentido toda la fuerza de aquella tempestad nacida de un terremoto que debió levantar del fondo del mar los horrores que llenaban los sueños de los hombres. Una vez más bajo control, el barco avanzaba a buen ritmo cuando fue detenido por el Alert el 22 de marzo y pude sentir el pesar del compañero cuando escribió sobre su bombardeo y hundimiento. Habla con significativo horror de los fanáticos morenos del Alert. Había alguna cualidad peculiarmente abominable en ellos que hacía que su destrucción pareciera casi un deber y Johansen muestra un ingenuo asombro ante la acusación de crueldad lanzada contra su compañía durante los procedimientos del tribunal de investigación. Entonces, impulsados por la curiosidad en su yate capturado bajo el mando de Johansen, los hombres avistan un gran pilar de piedra que sobresale del mar y en latitud S. 47° 9', O. Longitud 126° 43' se topan con una costa de lodo mezclado, exudado y mampostería ciclópea llena de maleza que no puede ser otra cosa que la sustancia tangible del terror supremo de la tierra: la ciudad-cadáver de pesadilla de R'lyeh que fue construida en eones inconmensurables más allá de la historia por las vastas y repugnantes formas que se filtraron desde las estrellas oscuras. Allí yacían el gran Cthulhu y sus hordas, ocultos en verdes bóvedas viscosas y enviando al fin, tras ciclos incalculables, los pensamientos que sembraban el miedo en los sueños de los sensibles y llamaban imperiosamente a los fieles para que acudieran en peregrinación de liberación y restauración. Todo esto Johansen no lo sospechaba, ¡pero Dios sabe que pronto vio lo suficiente!

Supongo que sólo una cima, la horrenda ciudadela coronada de monolitos donde fue enterrado el gran Cthulhu, emergió realmente de las aguas. Cuando pienso en el alcance de todo lo que puede estar rumiando ahí abajo casi deseo suicidarme de inmediato. Johansen y sus hombres estaban sobrecogidos por la majestuosidad cósmica de esta Babilonia anegada de demonios ancianos y debieron adivinar sin que les orientaran que no era nada de este ni de ningún planeta cuerdo. El asombro ante el increíble tamaño de los bloques de piedra verdosa, ante la vertiginosa altura del gran monolito tallado y ante la estupefaciente identidad de las colosales estatuas y bajorrelieves con la extraña imagen que se encuentra en el santuario del Alert es conmovedoramente visible en cada línea de la asustada descripción del compañero.

Sin saber cómo es el futurismo, Johansen logró algo muy cercano a él cuando habló de la ciudad pues, en lugar de describir cualquier estructura o edificio definido, se detiene sólo en las vastas impresiones de vastos ángulos y superficies de piedra... superficies demasiado grandes para pertenecer a algo correcto o propio de esta tierra y llenas de horribles imágenes y jeroglíficos. Menciono su alusión a los ángulos porque me recuerda algo que Wilcox me había contado de sus horribles sueños. Había dicho que la geometría del lugar onírico que vio era anormal, no euclidiana y repugnantemente evocadora de esferas y dimensiones ajenas a las nuestras. Ahora un marino iletrado sentía lo mismo mientras contemplaba la terrible realidad.

Johansen y sus hombres desembarcaron en un banco de barro inclinado de esta monstruosa Acrópolis y treparon deslizándose sobre titánicos bloques viscosos que no podían corresponder a una escalera mortal. El mismísimo sol del cielo parecía distorsionado cuando se miraba a través del miasma polarizante que brotaba de esta perversión empapada de mar y la amenaza retorcida y el suspense acechaban lascivamente en aquellos ángulos demencialmente escurridizos de roca tallada donde una segunda mirada mostraba una concavidad después de que la primera mostrara una convexidad.

Algo parecido al miedo se había apoderado de todos los exploradores antes de que vieran algo más definido que roca y fango y maleza. Cada uno habría huido si no hubiera temido el desprecio de los demás y sólo buscaban sin entusiasmo —en vano, como se demostró— algún souvenir que llevarse.

Fue Rodríguez, el portugués, quien subió al pie del monolito y gritó acerca de lo que había encontrado. Los demás le siguieron y miraron con curiosidad la inmensa puerta tallada con el ya familiar bajorrelieve del calamar y el dragón. Era, dijo Johansen, como una gran puerta de granero y todos tuvieron la sensación de que era una puerta por el dintel ornamentado, el umbral y las jambas que la rodeaban, aunque no podían decidir si era plana como una trampilla o inclinada como la puerta de un sótano exterior. Como habría dicho Wilcox, la geometría del lugar era del todo errónea. No se podía estar seguro de que el mar y el suelo estuvieran horizontales, por lo que la posición relativa de todo lo demás parecía fantásticamente variable.

Briden empujó la piedra en varios puntos sin resultado. Entonces Donovan la palpó delicadamente por el borde, presionando cada punto por separado a medida que avanzaba. Trepó interminablemente a lo largo de la grotesca moldura de piedra —es decir, uno lo llamaría trepar si la cosa no fuera después de todo horizontal— y los hombres se preguntaron cómo podía haber una puerta tan vasta en el universo. Entonces, muy suave y lentamente, el enorme panel comenzó a ceder hacia dentro en la parte superior; y vieron que estaba balanceado.

Donovan se deslizó o se impulsó de algún modo hacia abajo o a lo largo de la jamba y se reunió con sus compañeros y todos observaron el extraño retroceso del portal monstruosamente tallado. En esta fantasía de distorsión prismática el portal se movía anómalamente en diagonal, de modo que todas las reglas de la materia y la perspectiva parecían trastornadas.

La abertura era negra, con una oscuridad casi material. Esa tenebrosidad era, de hecho, una cualidad positiva pues oscurecía las partes de las paredes interiores que deberían haber quedado al descubierto y, de hecho, brotaba como humo de su eterno aprisionamiento, oscureciendo visiblemente el sol mientras se escabullía hacia el cielo encogido y giboso con el batir de sus alas membranosas. El olor que se desprendía de las profundidades recién abiertas era intolerable y, al final, el avispado Hawkins creyó oír un sonido desagradable y baboso allí abajo. Todo el mundo escuchaba y todo el mundo seguía escuchando cuando Aquello salió a la vista babeando e introdujo a tientas su gelatinosa inmensidad verde por la puerta negra hacia el aire contaminado del exterior de aquella ciudad venenosa enloquecida.

La letra del pobre Johansen casi se quiebra cuando escribió sobre esto. De los seis hombres que nunca llegaron al barco, cree que dos perecieron de puro susto en aquel instante maldito. La Cosa no puede describirse, no hay lenguaje para tales abismos de chillidos y locura inmemorial, tales contradicciones espeluznantes de toda materia, fuerza y orden cósmico. Una montaña caminó o tropezó. ¡Dios! ¿Qué es de extrañar que a través de la tierra un gran arquitecto enloqueciera y el pobre Wilcox delirara de fiebre en aquel instante telepático? La Cosa de los ídolos, el engendro verde y pegajoso de las estrellas, había despertado para reclamar lo suyo. Las estrellas volvían a tener razón y lo que un culto milenario no había conseguido hacer por designio, una banda de inocentes marineros lo había hecho por accidente. Después de vigintillones de años, el gran Cthulhu estaba suelto de nuevo y hambriento de deleite.

Tres hombres fueron arrastrados por las flácidas garras antes de que nadie se diera la vuelta. Que en paz descansen, si es que hay algún descanso en el universo. Eran Donovan, Guerrera y Angstrom. Parker resbaló mientras los otros tres se lanzaban frenéticamente sobre interminables paisajes de roca con costra verde hacia el barco y Johansen jura que fue engullido por un ángulo de mampostería que no debería haber estado allí, un ángulo que era agudo pero que se comportaba como si fuera obtuso. Así que sólo Briden y Johansen alcanzaron el bote y tiraron desesperadamente del Alert mientras la monstruosidad montañosa se dejaba caer por las piedras viscosas y vacilaba tambaleándose al borde del agua.

No se había permitido que el vapor bajara del todo, a pesar de la partida de toda la tripulación hacia la orilla, y fue cosa de sólo unos instantes de febriles carreras arriba y abajo, entre ruedas y máquinas, para poner el Alert en marcha. Lentamente, en medio de los horrores distorsionados de aquella escena indescriptible, empezó a agitar las aguas letales mientras en la mazonería de aquella orilla de escoria que no era terrenal el titán, Cosa de las estrellas, se desgañitaba y farfullaba como Polifemo maldiciendo la nave huidiza de Odiseo. Entonces, más audaz que el cíclope de la historia, el gran Cthulhu se deslizó grasiento en el agua y comenzó a perseguir con vastos golpes de potencia cósmica que levantaban olas. Briden miró hacia atrás y enloqueció, riendo estridentemente a intervalos hasta que la muerte lo encontró una noche en la cabaña mientras Johansen vagaba delirante.

Pero Johansen aún no se había rendido. Sabiendo que la Cosa seguramente podría sobrepasar al Alert hasta que el vapor estuviera a tope, resolvió una oportunidad desesperada y, poniendo el motor a toda velocidad, corrió como un rayo sobre cubierta e invirtió el timón. Se produjo un poderoso remolino y se formó espuma en la ruidosa salmuera y, a medida que el vapor subía más y más, el valiente noruego condujo su barco de frente contra la gelatina perseguidora que se alzaba sobre la inmunda espuma como la popa de un galeón endemoniado. La espantosa cabeza de calamar con las antenas retorciéndose llegó casi hasta el bauprés del robusto yate pero Johansen siguió adelante implacablemente.

Hubo un estallido como el de una vejiga que explota, una asquerosidad viscosa como la de un pez sol hendido, un hedor como el de mil tumbas abiertas y un sonido que el cronista no pondría sobre el papel. Durante un instante, el barco se vio envuelto en una nube verde, acre y cegadora, y luego sólo hubo un hervidero venenoso a popa, donde —¡Dios del cielo!— la plasticidad dispersa de ese engendro celeste sin nombre se recombinaba nebulosamente en su odiosa forma original, mientras su distancia se ampliaba cada segundo a medida que el Alert ganaba ímpetu con su creciente vapor.

Eso fue todo. Después de eso Johansen sólo se dedicó a meditar sobre el ídolo en la cabina y se ocupó de algunos asuntos de comida para él y para el maníaco risueño que tenía a su lado. No intentó navegar después de la primera audaz huida, pues la reacción le había sacado algo del alma. Entonces llegó la tormenta del 2 de abril y una acumulación de nubes en torno a su conciencia. Hay una sensación de torbellino espectral a través de los golfos líquidos del infinito, de vertiginosos paseos a través de universos tambaleantes en la cola de un cometa y de histéricas caídas desde la fosa a la luna y desde la luna de nuevo a la fosa, todo ello amenizado por un coro chirriante de los distorsionados e hilarantes dioses mayores y los verdes duendecillos burlones con alas de murciélago del Tártaro.

De ese sueño surgió el rescate: el Vigilant, el tribunal del vicealmirantazgo, las calles de Dunedin y el largo viaje de regreso a casa, a la vieja casa junto al Egeberg. No podía contarlo... le tomarían por loco. Escribiría sobre lo que sabía antes de que llegara la muerte pero su mujer no debía averiguarlo. La muerte sería una bendición si tan sólo pudiera borrar los recuerdos.

Ese fue el documento que leí y ahora lo he colocado en la caja de hojalata junto al bajorrelieve y los papeles del Profesor Angell. Con él se irá este registro mío, esta prueba de mi propia cordura, en la que se ensambla lo que espero que nunca vuelva a ensamblarse. He contemplado todo lo que el universo tiene de horroroso e incluso los cielos de la primavera y las flores del verano han de ser siempre veneno para mí. Pero no creo que mi vida sea larga. Como se fue mi tío, como se fue el pobre Johansen, así me iré yo. Sé demasiado, y el culto aún vive.

Cthulhu aún vive, también, supongo, de nuevo en ese abismo de piedra que le ha protegido desde que el sol era joven. Su ciudad maldita está hundida una vez más, pues el Vigilant navegó sobre el lugar tras la tormenta de abril, pero sus ministros en la tierra siguen bramando y brincando y matando alrededor de monolitos coronados de ídolos en lugares solitarios. Debe de haber quedado atrapado por el hundimiento mientras estaba dentro de su negro abismo pues de lo contrario el mundo estaría gritando ahora de espanto y frenesí. ¿Quién conoce el final? Lo que se ha elevado puede hundirse y lo que se ha hundido puede elevarse. Lo repugnante espera y sueña en las profundidades y la decadencia se extiende sobre las tambaleantes ciudades de los hombres. Llegará un momento... pero no debo ni puedo pensar. Permítanme rezar para que, si no sobrevivo a este manuscrito, mis albaceas antepongan la cautela a la audacia y procuren que no encuentre otro ojo.

«Las gorgonas, las hidras y las quimeras —las historias de Celæno y las arpías— pueden reproducirse en el cerebro de la superstición, pero... ya estaban ahí antes. Son transcripciones, tipos... los arquetipos están en nosotros y son eternos. ¿Cómo, si no, podría llegar a afectarnos el relato de lo que, de manera consciente, sabemos que es falso? ¿Es que concebimos naturalmente el terror de tales objetos, considerados en su capacidad de poder infligirnos lesiones corporales? Oh, ¡para nada! Estos terrores son más antiguos. Se remontan más allá del cuerpo... o sin el cuerpo, habrían sido lo mismo.... Que el tipo de miedo aquí tratado sea puramente espiritual... que su fuerza sea proporcional a su falta de objeto en la tierra, que predomine en el período de nuestra infancia sin pecado... son dificultades cuya solución podría ofrecer una visión probable de nuestra condición ante-mundana y una ojeada al menos a la tierra de sombras de la pre-existencia».

—Charles Lamb: *Brujas y otros miedos nocturnos.*

1

Cuando un viajero en el centro norte de Massachusetts toma la bifur-
cación equivocada en el cruce de la carretera de Aylesbury, justo después de Dean's Corners, se encuentra con un paraje solitario y curioso.
El terreno se hace más alto y los muros de piedra bordeados de zarzas
se aprietan cada vez más contra los surcos de la polvorienta y curvilínea
carretera. Los árboles de los frecuentes cinturones forestales parecen
demasiado grandes y la maleza silvestre, las zarzas y las hierbas alcan-
zan una frondosidad poco frecuente en las regiones pobladas. Al mismo
tiempo, los campos plantados parecen singularmente escasos y estéri-
les, mientras que las casas, apenas dispersas, presentan un sorprendente aspecto uniforme de vejez, miseria y dilapidación. Sin saber por
qué, uno duda a la hora de pedir indicaciones a las figuras nudosas y so-
litarias que se divisan de vez en cuando en los umbrales de las puertas
derruidas o en los prados inclinados y cubiertos de rocas. Esas figuras
son tan silenciosas y furtivas que uno se siente de algún modo enfren-
tado a cosas prohibidas con las que sería mejor no tener nada que ver.
Cuando una elevación de la carretera deja a la vista las montañas por
encima de los profundos bosques, la sensación de extraña inquietud
aumenta. Las cumbres son demasiado redondeadas y simétricas para
dar una sensación de comodidad y naturalidad y a veces el cielo dibuja
con especial nitidez los extraños círculos de altos pilares de piedra con
los que están coronadas la mayoría de ellas.

Gargantas y barrancos de una profundidad problemática se entre-
cruzan en el camino y los toscos puentes de madera parecen siempre
de dudosa seguridad. Cuando la carretera vuelve a inclinarse hay tra-
mos de marismas que a uno le disgustan instintivamente y de hecho
casi se le saltan las lágrimas al atardecer, cuando los invisibles chotacabras parlotean y las luciérnagas salen en anormal profusión para bailar
al ritmo estridente y espantosamente insistente de las estridentes ranas
toro. La delgada y brillante línea del curso superior del Miskatonic tiene una extraña sugerencia de serpiente cuando se enrosca cerca de los
pies de las colinas abovedadas entre las que se eleva.

A medida que se acercan las colinas, uno presta más atención a sus
laderas boscosas que a sus cimas coronadas de piedra. Esas laderas se
alzan tan oscuras y escarpadas que uno desearía que se mantuvieran a
distancia, pero no hay camino por el que escapar de ellas. Al otro lado de
un puente cubierto se ve un pequeño pueblo acurrucado entre el arroyo

y la ladera vertical de la Montaña Redonda y uno se maravilla ante el conjunto de tejados a dos aguas podridos que denotan un periodo arquitectónico anterior al de la región vecina. No es tranquilizador ver, al echar un vistazo más de cerca, que la mayoría de las casas están abandonadas y cayendo en la ruina y que la iglesia de techos rotos alberga ahora el único establecimiento mercantil, descuidado, de la aldea. Uno teme fiarse del tenebroso túnel del puente, pero no hay forma de evitarlo. Una vez cruzado, es difícil evitar la impresión de un olor tenue y maligno en la calle del pueblo, como de moho amasado y decadencia de siglos. Siempre es un alivio alejarse del lugar y seguir la estrecha carretera que rodea la base de las colinas y atraviesa la llanura más allá hasta que vuelve a unirse con la carretera de Aylesbury. Después uno se entera a veces de que ha pasado por Dunwich.

Los forasteros visitan Dunwich lo menos posible y desde cierta temporada de horror se han retirado todos los carteles que apuntaban hacia ella. El paisaje, juzgado por cualquier canon estético ordinario, es más que comúnmente bello, sin embargo, no hay afluencia de artistas ni de turistas de verano. Hace dos siglos, cuando no era motivo de burla hablar de sangre de bruja, culto a Satán y extrañas presencias del bosque, era costumbre dar razones para evitar el lugar. En nuestra época sensata —desde que el horror de Dunwich de 1928 fue silenciado por quienes tenían en mente el bienestar de la ciudad y del mundo— la gente la rehúye sin saber exactamente por qué. Quizá una de las razones —aunque no pueda aplicarse a los forasteros desinformados— sea que los nativos son ahora repelentemente decadentes, habiendo avanzado bastante por ese camino de retroceso tan común en muchos remansos de Nueva Inglaterra. Han llegado a formar una raza por sí mismos, con los estigmas mentales y físicos bien definidos propios a la degeneración y la endogamia. La media de su inteligencia es notablemente baja, mientras que sus anales apestan a vileza manifiesta y a asesinatos semiocultos, incestos y hechos de una violencia y perversidad casi innombrables. La vieja alta burguesía, que representa a las dos o tres familias armigueras que vinieron de Salem en 1692, se ha mantenido algo por encima del nivel general de decadencia, aunque muchas ramas están hundidas en el sórdido populacho tan profundamente que sólo quedan sus nombres como clave del origen que deshonran. Algunos de los Whateley y los Bishop siguen enviando a sus hijos mayores a Harvard y Miskatonic, aunque esos hijos rara vez regresan a los derruidos tejados de dos aguas bajo los que nacieron ellos y sus antepasados.

Nadie, ni siquiera quienes conocen los hechos relativos al reciente horror, puede decir exactamente qué le ocurre a Dunwich, aunque las viejas leyendas hablan de ritos y cónclaves profanos de los indios, en medio de los cuales llamaban a formas prohibidas de la sombra desde las grandes colinas redondeadas y recitaban salvajes plegarias orgiásticas que eran respondidas por fuertes crujidos y estruendos procedentes del subsuelo. En 1747 el Reverendo Abijah Hoadley, recién llegado a la Iglesia Congregacionalista de Dunwich Village, predicó un memorable sermón sobre la presencia cercana de Satanás y sus diablillos, en el que decía:

Debe admitirse que estas Blasfemias de un Tren infernal de Demonios son Asuntos de Conocimiento demasiado común para ser negados, las Voces malditas de Azazel y Buzrael, de Belcebú y Belial, han sido oídas desde debajo de la Tierra por más de una Veintena de Testigos fidedignos que viven en la actualidad. Yo mismo no hace más de una Quincena capté un Discurso muy claro de Poderes malignos en la Colina detrás de mi Casa, en el que había un Traqueteo y un Rodar, Gemidos, Chillidos y Siseos, tales como ninguna Cosa de esta Tierra podría suscitar y que necesariamente debían provenir de esas Cuevas que sólo la Magia negra puede descubrir y sólo el Divino desentrañar.

Mr. Hoadley desapareció poco después de pronunciar este sermón pero el texto, impreso en Springfield, aún se conserva. Los ruidos en las colinas continuaron reportándose año tras año y aún constituyen un enigma para geólogos y fisiógrafos.

Otras tradiciones hablan de olores nauseabundos cerca de los círculos de pilares de piedra que coronan las colinas y de presencias aéreas que se oyen débilmente a ciertas horas desde puntos señalados en el fondo de los grandes barrancos, mientras que otras intentan explicar el Patio del Lúpulo del Diablo... una ladera desolada y arrasada donde no crece ningún árbol, arbusto o brizna de hierba. Además, los nativos temen mortalmente a los numerosos chotacabras que se ponen a vociferar en las noches cálidas. Se jura que los pájaros son psicópatas al acecho de las almas de los moribundos y que acompasan sus gritos espeluznantes al unísono con la respiración agitada del enfermo. Si consiguen atrapar al alma que huye cuando abandona el cuerpo, se alejan al instante chirriando en una risa demoníaca pero, si fracasan, se apagan gradualmente en silencio a causa de la decepción.

Estos cuentos, por supuesto, son obsoletos y ridículos porque provienen de tiempos muy antiguos. Dunwich es, en efecto, ridículamente antigua... más antigua de lejos que cualquiera de las comunidades situadas en un radio de treinta millas. Al sur del pueblo aún se pueden divisar las paredes del sótano y la chimenea de la antigua casa del Obispo, construida antes de 1700, mientras que las ruinas del molino de las cataratas, construido en 1806, constituyen la pieza arquitectónica más moderna que se puede ver. La industria no floreció aquí y el movimiento fabril del siglo XIX resultó efímero. Lo más antiguo son los grandes anillos de columnas de piedra toscamente labradas en las cimas de las colinas pero generalmente se atribuyen más a los indios que a los colonos. Los yacimientos de cráneos y huesos, encontrados dentro de estos círculos y alrededor de la considerable roca en forma de mesa de la colina Sentinel, sostienen la creencia popular de que estos lugares fueron en su día el lugar de enterramiento de los Pocumtuck, aunque muchos etnólogos, haciendo caso omiso de la absurda improbabilidad de tal teoría, persisten en creer que los restos son caucásicos.

2

Fue en la localidad de Dunwich, en una granja grande y parcialmente habitada situada en la ladera de una colina a cuatro millas del pueblo y a milla y media de cualquier otra vivienda, donde nació Wilbur Whateley a las 5 de la mañana del domingo 2 de febrero de 1913. Se recordó esta fecha porque era la Candelaria, que la gente de Dunwich observa curiosamente con otro nombre, y porque durante toda la noche anterior se habían oído ruidos en las colinas y todos los perros del campo habían ladrado insistentemente. Menos digno de mención era el hecho de que la madre era una de las decadentes Whateley, una mujer albina de 35 años, algo deforme y poco atractiva, que vivía con un padre anciano y medio demente sobre el que se habían susurrado las más espantosas historias de hechicería en su juventud. Lavinia Whateley no tenía marido conocido, pero según la costumbre de la región no hizo ningún intento de renegar del niño; respecto al otro lado de cuya ascendencia la gente del campo podía especular —y especulaba— tan ampliamente como quisiera. Por el contrario, parecía extrañamente orgullosa del bebé oscuro y de aspecto caprino que tanto contrastaba con su propio albinismo enfermizo y de ojos rosados y se le oyó murmurar muchas curiosas profecías sobre sus inusuales poderes y su tremendo futuro.

Lavinia era alguien susceptible de murmurar tales cosas, pues era una criatura solitaria dada a vagar entre tormentas por las colinas y a intentar leer los voluminosos y olorosos libros que su padre había heredado a través de dos siglos de Whateleys y que se estaban cayendo a pedazos por la edad y los agujeros causados por los gusanos. Nunca había ido a la escuela pero se llenaba la boca con retazos inconexos de la antigua sabiduría popular que le había enseñado el viejo Whateley. La remota granja siempre había sido temida por la reputación de magia negra del viejo Whateley y la inexplicable muerte violenta de Mrs. Whateley cuando Lavinia tenía doce años no había contribuido a popularizar el lugar. Aislada entre extrañas influencias, Lavinia era aficionada a las ensoñaciones salvajes y grandiosas y a las ocupaciones singulares; su ocio tampoco estaba muy dedicado a las tareas domésticas en un hogar del que hacía tiempo que habían desaparecido todas las normas de orden y limpieza.

Hubo un grito espantoso que resonó por encima incluso de los ruidos de la colina y los ladridos de los perros la noche en que nació Wilbur pero ningún médico ni comadrona conocidos presidieron su llegada.

Los vecinos no supieron nada de él hasta una semana después, cuando el viejo Whateley condujo su trineo a través de la nieve hasta el pueblo de Dunwich y disertó incoherentemente ante el grupo de holgazanes del almacén de ramos generales de Osborn. Parecía haber un cambio en el anciano —un elemento añadido de furtividad en el cerebro nublado que lo transformaba sutilmente de objeto a sujeto de temor— aunque no era de los que se perturbaban por cualquier acontecimiento familiar común. En medio de todo ello mostró algún rastro del orgullo que más tarde se notó en su hija y lo que dijo sobre la paternidad del niño fue recordado por muchos de sus oyentes años después.

«No me importa lo que piense la gente; si el hijo de Lavinia se pareciera a su padre, no se parecería a nada de lo que ustedes esperan. No tienen por qué pensar que la única gente es la de por aquí. Lavinia ha leído algo y ha sembrado algunas cosas que la mayoría de ustedes sólo cuentan. Calculo que su hombre es tan buen marido como el que se puede encontrar de este lado de Aylesbury y, si supieran tanto de las colinas como yo, no encontrarían una boda por la iglesia mejor que la de ella. Déjenme decirles algo: ¡algún día oirán a un niño de Lavinia gritando el nombre de su padre en la cima de la colina Sentinel!».

Las únicas personas que vieron a Wilbur durante el primer mes de su vida fueron el viejo Zechariah Whateley, de los Whateley sin decadencia, y la concubina de Earl Sawyer, Mamie Bishop. La visita de Mamie fue francamente por curiosidad y sus relatos posteriores hicieron justicia a sus observaciones pero Zechariah vino a guiar un par de vacas Alderney que el viejo Whateley había comprado a su hijo Curtis. Esto marcó el comienzo de una trayectoria de compra de ganado por parte de la familia del pequeño Wilbur que no terminó hasta 1928, cuando el horror de Dunwich llegó y se fue; sin embargo, en ningún momento el destartalado granero de Whateley pareció abarrotado de ganado. Llegó un momento en que la gente mostró la curiosidad suficiente como para acercarse y contar el rebaño que pastaba precariamente en la empinada ladera sobre la vieja granja y nunca pudieron encontrar más de diez o doce ejemplares anémicos y exangües. Evidentemente, alguna plaga o moquillo, tal vez originado por los pastos insalubres o por los hongos y maderas enfermas del mugriento establo, causaba una gran mortandad entre los animales de Whateley. Heridas o llagas extrañas, con aspecto de incisiones, parecían afligir al ganado visible y una o dos veces, durante los primeros meses, algunos visitantes creyeron discernir llagas similares en las gargantas del viejo canoso y sin afeitar y de su hija albina de pelo arrugado y desaliñado.

En la primavera siguiente al nacimiento de Wilbur, Lavinia reanudó sus habituales paseos por las colinas, llevando en sus desproporcionados brazos al moreno niño. El interés público por los Whateley disminuyó después de que la mayoría de la gente del campo hubiera visto al bebé y nadie se molestó en comentar el rápido desarrollo que aquel recién llegado parecía mostrar cada día. El crecimiento de Wilbur fue realmente fenomenal, ya que a los tres meses de nacer había alcanzado un tamaño y una potencia muscular que no suelen encontrarse en niños menores de un año. Sus movimientos e incluso sus sonidos vocales mostraban una contención y una intencionalidad muy peculiares en un bebé y nadie estuvo realmente asombrado cuando, a los siete meses, empezó a andar sin ayuda, con vacilaciones que un mes más bastó para eliminar.

Fue algo después de esa fecha —en Noche de Brujas— cuando, a medianoche, se observó un gran incendio en la cima de la colina Sentinel, donde se erige la vieja piedra con forma de mesa en medio de su túmulo de huesos antiguos. Se armó un gran revuelo cuando Silas Bishop —uno de los Bishop no decaídos— mencionó que había visto al niño corriendo con paso firme colina arriba, delante de su madre, aproximadamente una hora antes de que se observara el incendio. Silas estaba acorralando a una vaquilla descarriada pero casi olvidó su misión cuando divisó fugazmente las dos figuras a la tenue luz de su linterna. Se escabulleron casi sin hacer ruido entre la maleza y al asombrado observador le pareció que iban completamente desnudos. Después, no podía estar seguro, el muchacho tal vez llevara algún tipo de cinturón con flecos y un par de calzones o pantalones azul oscuro. Wilbur nunca fue visto posteriormente vivo y consciente sin un atuendo completo y bien abotonado, cuyo desarreglo o amago de desarreglo siempre parecía llenarle de ira y alarma. Su contraste con su escuálida madre y su abuelo a este respecto se consideró muy notable hasta que el horror de 1928 sugirió la más válida de las razones.

El siguiente mes de enero, los rumores estaban ligeramente interesados en el hecho de que el «mocoso negro de Lavinia» había empezado a hablar... y a la edad de sólo once meses. Su habla era algo notable, tanto por su diferencia con los acentos ordinarios de la región, como porque mostraba una ausencia de ceceo infantil de la que muchos niños de tres o cuatro años bien podrían estar orgullosos. El muchacho no era hablador pero cuando hablaba parecía reflejar algún elemento elusivo que Dunwich y sus habitantes no poseían en absoluto. La extrañeza no residía en lo que decía, ni siquiera en los sencillos modismos que empleaba, sino que parecía vagamente ligada a su entonación o a los órganos internos que producían los sonidos hablados. El aspecto de su rostro también destacaba por su madurez, pues aunque compartía la falta de mentón de su madre y su abuelo, su nariz firme y precozmente perfilada se unía a la expresión de sus ojos grandes, oscuros, casi latinos, para darle un aire de cuasi madurez y una inteligencia casi sobrenatural. Sin embargo, era extremadamente feo a pesar de su aspecto brillante: había algo casi caprino o animal en sus labios gruesos, su piel amarillenta de poros grandes, su pelo áspero y arrugado y sus orejas extrañamente alargadas. Pronto cayó aún más antipático que su madre y su nieto y todas las conjeturas sobre él estaban aderezadas con referencias a la antigua magia del viejo Whateley y a cómo las colinas temblaron una vez cuando gritó el espantoso nombre de Yog-Sothoth en medio de un círculo de piedras con un gran libro abierto en sus brazos. Los perros aborrecían al muchacho y siempre se veía obligado a tomar diversas medidas defensivas contra la amenaza que demostraban sus ladridos.

Entretanto, el viejo Whateley siguió comprando ganado sin aumentar sensiblemente el tamaño de su rebaño. También cortó madera y empezó a reparar las partes inutilizadas de su casa, una espaciosa construcción con tejado a dos aguas cuya parte trasera estaba enterrada por completo en la ladera rocosa y cuyas tres habitaciones de la planta baja, las menos arruinadas, siempre habían sido suficientes para él y su hija. Debían de existir en el anciano prodigiosas reservas de fuerza para permitirle llevar a cabo tan arduo trabajo y aunque a veces seguía balbuceando como un demente, su carpintería parecía mostrar los efectos de un cálculo sensato. En realidad había empezado en cuanto nació Wilbur, cuando uno de los muchos cobertizos de herramientas fue puesto en orden de repente, revestido de tablas y provisto de una robusta cerradura nueva. Luego, al restaurar el piso superior abandonado de la casa, fue un artesano no menos meticuloso. Su manía sólo se manifestó en el tapiado de todas las ventanas de la parte recuperada, aunque muchos declararon que era una locura preocuparse por ello. Menos inexplicable fue la habilitación de otra habitación en la planta baja para su nuevo nieto, una habitación que varios visitantes vieron, aunque nunca se admitió a nadie en el piso superior cuidadosamente tapiado. Forró esta cámara con estanterías altas y firmes, a lo largo de las cuales empezó a colocar gradualmente, en un orden aparentemente cuidadoso, todos los libros antiguos y partes de libros en descomposición que durante sus días se habían amontonado promiscuamente en rincones extraños de las diversas habitaciones.

«Yo les di algún uso», decía mientras trataba de remendar una página rota de letras negras con pasta preparada en la cocina oxidada, «pero el muchacho está en condiciones de darles mejor uso. Más le vale tenerlos lo mejor guardados que pueda, porque van a ser todo su sustento».

Cuando Wilbur tenía un año y siete meses, en septiembre de 1914, su tamaño y sus logros eran casi alarmantes. Había crecido tanto como un niño de cuatro años y hablaba con fluidez y una inteligencia increíble. Corría libremente por los campos y las colinas y acompañaba a su madre en todos sus paseos. En casa estudiaba detenidamente los extraños dibujos y gráficos de los libros de su abuelo, mientras el viejo Whateley le instruía y catequizaba durante largas y silenciosas tardes. Para entonces la restauración de la casa estaba terminada y quienes la observaban se preguntaban por qué una de las ventanas superiores se había convertido en una sólida puerta de tablones. Era una ventana en la parte trasera del hastial este, pegada a la colina, y nadie podía imaginar por qué se había construido hasta ella una pasarela de madera con listones desde el suelo. Más o menos cuando se terminaron estas obras, la gente se dio cuenta de que la vieja caseta de herramientas, cerrada a cal y canto y sin ventanas desde el nacimiento de Wilbur, había sido abandonada de nuevo. La puerta se abrió desganadamente y cuando Earl Sawyer entró después de una visita al viejo Whateley para vender ganado, se sintió bastante desconcertado por el singular olor que encontró: un hedor como nunca antes había olido en toda su vida, excepto cerca de los círculos indios de las colinas y que no podía provenir de nada sano o de esta tierra. Pero las casas y los cobertizos de los habitantes de Dunwich nunca han destacado por su inmaculabilidad olfativa.

En los meses siguientes no se produjeron acontecimientos visibles, salvo que todo el mundo juraba que los misteriosos ruidos de las colinas aumentaban lenta pero constantemente. En la víspera de mayo de 1915 se produjeron temblores que incluso los habitantes de Aylesbury sintieron, mientras que la siguiente Noche de Brujas produjo un estruendo subterráneo extrañamente sincronizado con estallidos de llamas —«esas cosas que hacen los brujos Whateley»— procedentes de la cima de la colina Sentinel. Wilbur crecía de forma extraña, de modo que parecía un niño de diez años al entrar en su cuarto año. Ahora leía ávidamente pero hablaba mucho menos que antes. Una asentada taciturnidad lo estaba absorbiendo y por primera vez la gente empezó a hablar específicamente de la creciente mirada malvada en su rostro caprino. A veces murmuraba una jerga desconocida y entonaba cánticos con ritmos extraños que helaban al oyente con una sensación de terror inexplicable. La aversión que le profesaban los perros se había convertido en un tema muy comentado y se vio obligado a llevar una pistola para poder atravesar el campo con seguridad. El uso ocasional del arma no aumentó su popularidad entre los propietarios de perros guardianes.

Las pocas personas que visitaban la casa solían encontrar a Lavinia sola en la planta baja, mientras que en el segundo piso, tapiado con tablas, resonaban gritos y pasos extraños. Nunca dijo qué hacían su padre y el chico allí arriba, aunque una vez se puso pálida y mostró un grado anormal de miedo cuando un jocoso vendedor ambulante de pescado intentó abrir la puerta cerrada que daba a la escalera. Aquel vendedor ambulante dijo a los tenderos de la aldea de Dunwich que le había parecido oír el estampido de un caballo en el piso de arriba. Los holgazanes reflexionaron, pensando en la puerta y la pasarela, y en el ganado que tan rápidamente desaparecía. Luego se estremecieron al recordar historias de la juventud del viejo Whateley y de las cosas extrañas que surgen de la tierra cuando se sacrifica un buey en el momento oportuno a ciertos dioses paganos. Desde hacía algún tiempo se había observado que los perros habían empezado a odiar y temer a todo el paraje de Whateley con tanta violencia como odiaban y temían personalmente al joven Wilbur.

En 1917 llegó la guerra y el terrateniente Sawyer Whateley, como presidente de la junta local de reclutamiento, tuvo que trabajar duro para encontrar un cupo de jóvenes de Dunwich aptos incluso para ser enviados a un campo de desarrollo. El gobierno, alarmado ante tales signos de decadencia regional generalizada, envió a varios oficiales y expertos médicos a investigar, realizando una encuesta que los lectores de periódicos de Nueva Inglaterra quizá aún recuerden. Fue la publicidad que acompañó a esta investigación lo que puso a los periodistas tras la pista de los Whateley e hizo que el Boston Globe y el Arkham Advertiser publicaran extravagantes historias dominicales sobre la precocidad del joven Wilbur: la magia negra del viejo Whateley, las estanterías de libros extraños, el segundo piso sellado de la antigua granja y la rareza de toda la región y sus ruidos en las colinas. Wilbur tenía entonces cuatro años y medio y parecía un muchacho de quince. Tenía el labio y la mejilla cubiertos de un vello oscuro y áspero y su voz había empezado a quebrarse. Earl Sawyer fue a la casa de los Whateley con los dos grupos de periodistas y camarógrafos y les llamó la atención sobre el extraño hedor que ahora parecía filtrarse desde los espacios superiores sellados. Era, dijo, exactamente como un olor que había encontrado en el cobertizo de herramientas abandonado cuando la casa fue finalmente reparada y como los débiles olores que a veces creía percibir cerca de los círculos de piedra en las montañas. Los habitantes de Dunwich leían las historias cuando aparecían y sonreían por los errores evidentes. También se preguntaban por qué los cronistas hacían tanto hincapié en el hecho de que el viejo Whateley siempre pagaba por su ganado con piezas de oro de fecha muy antigua. Los Whateley habían recibido a sus visitantes con mal disimulado desagrado, aunque no se atrevieron a dar más publicidad oponiendo una violenta resistencia o negándose a hablar.

4

Durante una década, los anales de los Whateley se hundieron indistintamente en la vida general de una comunidad morbosa habituada a sus extrañas costumbres y endurecida en cuanto a sus orgías de la víspera de mayo y de Todos los Santos. Dos veces al año encendían hogueras en la cima de la colina Sentinel, momento en el que los estruendos de la montaña se repetían cada vez con mayor violencia, mientras que en todo momento se producían extraños y portentosos sucesos en la solitaria granja. Con el tiempo, los visitantes afirmaron oír ruidos en el piso superior sellado, incluso cuando toda la familia estaba abajo y se preguntaban con qué rapidez o con qué lentitud solían sacrificar una vaca o un buey. Se habló de presentar una queja a la Sociedad para la Prevención de la Crueldad contra los Animales pero nunca se llegó a nada, ya que la gente de Dunwich nunca está dispuesta a llamar la atención del mundo exterior.

Hacia 1923, cuando Wilbur era un muchacho de diez años cuya mente, voz, estatura y rostro barbudo daban toda la impresión de madurez, se produjo un segundo gran alboroto causado por la carpintería en la vieja casa. Todo ocurrió en el interior de la parte superior sellada y por los trozos de madera desechados la gente llegó a la conclusión de que el joven y su abuelo habían derribado todos los tabiques e incluso habían eliminado el suelo del desván, dejando sólo un vasto vacío abierto entre la planta baja y el tejado a dos aguas. También habían derribado la gran chimenea central y habían instalado en la oxidada cocina un endeble tubo exterior de hojalata.

En la primavera siguiente a este suceso, el viejo Whateley se percató del creciente número de chotacabras que salían de Cold Spring Glen para piar bajo su ventana por la noche. Parecía considerar la circunstancia como algo de gran importancia y dijo a los holgazanes de la casa de ramos generales de Osborn que creía que casi había llegado su hora.

«Ahora silban al compás de mi respiración», dijo, «y supongo que se están preparando para atrapar mi alma. Saben que está a punto de salir y no quieren perdérsela. Lo sabrán, muchachos, después de que me haya ido, si me atrapan o no. Si lo hacen, seguirán cantando y alabando hasta el amanecer. Si no, se callarán como si nada. Espero que ellos y las almas que cazan tengan a veces peleas bastante duras».

En la noche de Lammas de 1924, el Dr. Houghton de Aylesbury fue llamado a toda prisa por Wilbur Whateley, que había azotado en la oscuridad al único caballo que le quedaba y telefoneó desde la tienda de Osborn, en el pueblo. Encontró al viejo Whateley en un estado muy grave, con un ritmo cardíaco y una respiración estertorosa que anunciaban un final no muy lejano. La amorfa hija albina y el nieto de extraña barba permanecían de pie junto a la cama, mientras desde el vacío abismo de encima llegaba una inquietante sugerencia de rítmico oleaje o chapoteo, como el de las olas en alguna playa llana. Al doctor, sin embargo, le molestaba sobre todo el parloteo de los pájaros nocturnos del exterior: una legión aparentemente ilimitada de chotacabras que gritaban su interminable mensaje en repeticiones sincronizadas diabólicamente con los jadeos del moribundo. Era extraño y antinatural... demasiado, pensó el Dr. Houghton, como toda la región en la que había entrado tan a regañadientes en respuesta a la urgente llamada.

Hacia la una, el viejo Whateley recobró el conocimiento e interrumpió sus jadeos para decir unas palabras a su nieto.

«Más espacio, Willy, más, espacio pronto. Yew crece... y crece más rápido. Pronto estará listo para salvarte, muchacho. Abre las puertas a Yog-Sothoth con el largo canto que encontrarás en la página 751 de la edición completa, y luego pon una cerilla en el encierro. El fuego del aire no puede quemarla ahora».

Era evidente que estaba bastante loco. Tras una pausa, durante la cual la bandada de chotacabras de fuera ajustó sus gritos al tempo alterado mientras llegaban desde lejos algunos indicios de los extraños ruidos de la colina, añadió una o dos frases más.

«Aliméntalo con regularidad, Willy, y cuida la cantidad, pero no dejes que crezca demasiado rápido para el lugar, porque si se rompe en cuartos o se sale antes de que abras a Yog-Sothoth, todo habrá terminado y no servirá de nada. Sólo los de más allá pueden hacer que se multiplique y funcione... Sólo ellos, los viejos que quieren volver...».

Pero el habla volvió a dar paso a los jadeos y Lavinia gritó al ver cómo los chotacabras seguían el cambio. Así estuvo durante más de una hora, cuando llegó el último traqueteo gutural. El Dr. Houghton cerró los párpados encogidos sobre los vidriosos ojos grises mientras el tumulto de pájaros se desvanecía imperceptiblemente en el silencio. Lavinia sollozaba, pero Wilbur sólo se reía entre dientes mientras los ruidos de la colina retumbaban débilmente.

«No lo atraparon», murmuró con su pesada voz de bajo.

Wilbur era por entonces un estudioso de una erudición realmente formidable a su manera parcial y era conocido discretamente por su correspondencia con muchos bibliotecarios de lugares lejanos donde se guardan libros raros y prohibidos de antaño. Cada vez era más odiado y temido en los alrededores de Dunwich a causa de ciertas desapariciones de jóvenes que las sospechas situaban vagamente a su puerta pero siempre era capaz de acallar las indagaciones mediante el miedo o el uso de ese fondo de oro de antaño que todavía, como en tiempos de su abuelo, se empleaba de forma regular y creciente en la compra de ganado. Su aspecto era ahora tremendamente maduro y su estatura, una vez alcanzado el límite normal de un adulto, parecía inclinada a sobrepasar esa cifra. En 1925, cuando un erudito corresponsal de la Universidad de Miskatonic le visitó un día y se marchó pálido y perplejo, medía seis pies y tres cuartos.

A lo largo de todos los años Wilbur había tratado a su madre albina medio deforme con un desprecio cada vez mayor, prohibiéndole finalmente que fuera a las colinas con él en la víspera de mayo y en El Día de Todos los Santos y en 1926 la pobre criatura se quejó a Mamie Bishop de tenerle miedo.

«Hay más sobre él de lo que yo sé, Mamie», dijo, «y ahora es más de lo que yo misma sé. Le juro a Dios que no sé lo que quiere ni lo que está tratando de hacer».

Aquella Noche de Brujas los ruidos de las colinas sonaron más fuerte que nunca y el fuego ardió en la colina Sentinel como de costumbre, pero la gente prestó más atención a los gritos rítmicos de vastas bandadas de chotacabras anormalmente tardíos que parecían reunirse cerca de la granja Whateley, que no estaba iluminada. Pasada la medianoche, sus estridentes notas estallaron en una especie de cacareo pandemoniaco que llenó toda la campiña y no se calmaron, por fin, hasta el amanecer. Luego desaparecieron, dirigiéndose a toda prisa hacia el sur, donde llevaban un mes de retraso. Nadie pudo saber con certeza lo que esto significaba hasta más tarde. Ninguno de los campesinos parecía haber muerto, pero a la pobre Lavinia Whateley, la albina retorcida, nunca se la volvió a ver.

En el verano de 1927 Wilbur reparó dos cobertizos en el corral y empezó a trasladar a ellos sus libros y efectos personales. Poco después, Earl Sawyer contó a los holgazanes de la taberna de Osborn que se estaban llevando a cabo más trabajos de carpintería en la granja de los Whateley. Wilbur estaba cerrando todas las puertas y ventanas de la planta baja y parecía estar sacando tabiques como él y su abuelo habían hecho en el piso de arriba cuatro años antes. Vivía en uno de los cobertizos y Sawyer pensó que parecía inusualmente preocupado y tembloroso. Por lo general, la gente sospechaba que sabía algo de la desaparición de su madre y ahora muy pocos se acercaban a su vecindario. Su estatura había aumentado a más de siete pies y su desarrollo no mostraba signos de detenerse.

5

El invierno siguiente trajo consigo un acontecimiento extraño: nada menos que el primer viaje de Wilbur fuera de la región de Dunwich. La correspondencia mantenida con la Biblioteca Widener de Harvard, la Bibliotheque Nationale de París, el Museo Británico, la Universidad de Buenos Aires y la Biblioteca de la Universidad de Miskatonic, en Arkham, no había conseguido que le prestaran un libro que deseaba desesperadamente; así que al final se dirigió en persona, harapiento, sucio, barbudo y con un dialecto tosco, a consultar el ejemplar en Miskatonic, que era el más cercano geográficamente. Con casi ocho pies de altura y portando una valija nueva y barata de la tienda de ramos generales de Osborn, esta gárgola oscura y caprina apareció un día en Arkham en busca del temido volumen guardado bajo llave en la biblioteca del colegio: el espantoso *Necronomicón* del árabe loco Alhazred en la versión latina de Dlaus Wormius, tal como se imprimió en España en el siglo XVII. Nunca había visto una ciudad, pero no pensó más que en encontrar el camino a los terrenos de la universidad; donde, de hecho, pasó sin cuidado junto al gran perro guardián de colmillos blancos que ladraba con furia y enemistad antinaturales y tiraba frenéticamente de su robusta cadena.

Wilbur llevaba consigo la inestimable pero imperfecta copia de la versión inglesa del Dr. Dee que le había legado su abuelo y, al tener acceso a la copia latina, comenzó de inmediato a cotejar los dos textos con el objetivo de descubrir cierto pasaje que figuraría en la página 751 de su propio volumen defectuoso. No pudo abstenerse civilizadamente de decírselo al bibliotecario, el mismísimo erudito Henry Armitage (A. M. Miskatonic, Ph. D. Princeton, Litt. D. Johns Hopkins) que una vez había pasado por la granja y que ahora le acosaba cortésmente a preguntas. Estaba buscando, tenía que admitirlo, una especie de fórmula o encantamiento que contenía el espantoso nombre Yog-Sothoth y le desconcertaba encontrar discrepancias, duplicaciones y ambigüedades que hacían que la cuestión de la determinación no fuera nada fácil. Mientras copiaba la fórmula que finalmente eligió, el Dr. Armitage miró involuntariamente por encima del hombro las páginas abiertas, la de la izquierda de las cuales, en la versión latina, contenía amenazas tan monstruosas para la paz y la cordura del mundo.

Tampoco debe pensarse [corría el texto tal como Armitage lo tradujo mentalmente] que el hombre es el más antiguo o el último de los amos de la tierra, o que el grueso común de la vida y la sustancia camina solo. Los Antiguos fueron, los Antiguos son y los Antiguos serán. No en los espacios que conocemos, sino entre ellos. Caminan serenos y primigenios, sin dimensiones y para nosotros invisibles. Yog-Sothoth conoce la puerta. Yog-Sothoth es la puerta. Yog-Sothoth es la llave y el guardián de la puerta. Pasado, presente, futuro, todo es uno en Yog-Sothoth. Él sabe por dónde se abrieron paso los Antiguos de antaño y por dónde se abrirán paso de nuevo. Él sabe dónde Ellos han hollado los campos de la tierra y dónde Ellos los hollan todavía, y por qué nadie puede contemplarlos a Ellos mientras hollan. Por el olor de Ellos los hombres pueden a veces conocerlos a Ellos de cerca, pero de la semblanza de Ellos nadie puede saber, salvo sólo en los rasgos de los que Ellos han engendrado en la humanidad y de éstos hay muchas clases, que difieren en semejanza desde el eidolón más verdadero del hombre hasta esa forma sin vista ni sustancia que son Ellos. Ellos caminan sin ser vistos y ensucian los lugares solitarios donde se han pronunciado las Palabras y los Cometas han aullado en sus Estaciones. El viento farfulla con Sus voces y la tierra murmura con Su conciencia. Ellos doblegan el bosque y aplastan la ciudad, pero ni el bosque ni la ciudad pueden contemplar la mano que hiere. Kadath, en el frío desierto, los ha conocido ¿y qué hombre conoce a Kadath? El desierto helado del Sur y las islas hundidas del Océano guardan piedras en las que está grabado Su sello pero ¿quién ha visto la ciudad profundamente helada o la torre sellada largamente guarnecida de algas y percebes? El Gran Cthulhu es Su primo, pero sólo puede espiarlos a Ellos tenuemente. ¡Iä Shub-Niggurath! Como una inmundicia los reconocerán a Ellos. Su mano está en sus gargantas, sin embargo ustedes no los ven a Ellos y Su morada es incluso una con su umbral vigilado. Yog-Sothoth es la llave de la puerta por la que se encuentran las esferas. El hombre gobierna ahora donde Ellos gobernaron una vez, Ellos gobernarán pronto donde el hombre gobierna ahora. Después del verano está el invierno y después del invierno el verano. Ellos esperan pacientes y potentes, pues aquí Ellos reinarán de nuevo.

El Dr. Armitage, asociando lo que estaba leyendo con lo que había oído hablar de Dunwich y sus melancólicas presencias y de Wilbur Whateley y su aura tenue y horrenda que se extendía desde un dudoso nacimiento hasta una nube de probable matricidio, sintió una oleada de espanto tan tangible como una corriente de aire de la fría humedad de la tumba. El gigante encorvado y caprino que tenía ante sí parecía el engendro de otro planeta o dimensión, como algo sólo en parte de la humanidad y vinculado a negros abismos de esencia y entidad que se extienden como fantasmas titánicos más allá de todas las esferas de la fuerza y la materia, el espacio y el tiempo.

En ese momento, Wilbur levantó la cabeza y empezó a hablar de esa forma extraña y resonante que hacía pensar en órganos productores de sonido distintos a los de toda la humanidad.

«Mr. Armitage», dijo, «calculo que tengo que llevarme ese libro a casa. Hay cosas en él que tengo que probar en condiciones estrictas que no puedo conseguir aquí y sería un pecado mortal dejar que una norma burocrática me lo impidiera. Déjeme llevarlo, señor, y juraré que nadie notará la diferencia. No necesito decirle que lo cuidaré bien. No fui yo quien puso esta copia de Dee en la forma en que se encuentra...».

Se detuvo al ver una firme negación en el rostro del bibliotecario y sus propios rasgos caprinos se tornaron astutos. Armitage, a punto de decirle que podía hacer una copia de las partes que necesitara, pensó de repente en las posibles consecuencias y se controló. Había demasiada responsabilidad en darle a un ser así la llave de unas esferas exteriores tan blasfemas. Whateley vio cómo estaban las cosas e intentó responder con ligereza.

«Vaya, está bien, si usted se siente así al respecto. Quizá Harvard no sea tan quisquilloso como usted». Y sin decir más se levantó y salió del edificio, agachándose en cada puerta.

Armitage oyó el aullido salvaje del gran perro guardián y estudió el galope de gorila de Whateley mientras cruzaba el trozo de campus visible desde la ventana. Pensó en los cuentos salvajes que había oído y recordó las viejas historias de los domingos en el *Advertiser*; estas cosas, y la sabiduría popular que había recogido de los rústicos y aldeanos de Dunwich durante su única visita allí. Cosas invisibles que no eran de la tierra —o al menos no de la tierra tridimensional— corrían fétidas y horribles por los valles de Nueva Inglaterra y rumiaban obscenamente en las cimas de las montañas. De esto estaba seguro desde hacía mucho tiempo. Ahora le parecía sentir la presencia cercana de alguna parte terrible del horror intruso y vislumbrar un avance infernal en el negro dominio de la antigua y antaño pasiva pesadilla. Guardó el *Necronomicón* con un estremecimiento de disgusto, pero la habitación seguía apestando con un hedor impío e inidentificable. «Como una inmundicia los reconocerán a Ellos», citó. Sí, el olor era el mismo que le había asqueado en la granja de los Whateley hacía menos de tres años. Pensó en Wilbur, caprino y ominoso, una vez más, y se rió burlonamente de los rumores del pueblo sobre su filiación.

«¿Endogamia?», murmuró Armitage medio en voz alta para sí mismo. «¡Dios santo, qué simplones! ¡Enséñeles el Gran Dios Pan de Arthur Machen y pensarán que es un vulgar escándalo de Dunwich! Pero ¿qué cosa —qué maldita influencia informe dentro o fuera de esta tierra tridimensional— era el padre de Wilbur Whateley? Nacido en la Candelaria —nueve meses después de la víspera de mayo de 1912, cuando las habladurías sobre los extraños ruidos de la tierra llegaron hasta Arkham—, ¿qué caminó por las montañas aquella noche de mayo? ¿Qué horror de Roodmas se abrazó al mundo en carne y sangre a mitad humanas?».

Durante las semanas siguientes, el Dr. Armitage se dedicó a recopilar todos los datos posibles sobre Wilbur Whateley y las presencias sin forma de los alrededores de Dunwich. Se puso en comunicación con el Dr. Houghton de Aylesbury, que había atendido al viejo Whateley en su última enfermedad, y encontró mucho sobre lo que reflexionar en las últimas palabras del abuelo citadas por el médico. Una visita a la aldea de Dunwich no consiguió sacar a la luz muchas cosas nuevas pero un estudio detenido del *Necronomicón*, en aquellas partes que Wilbur había buscado con tanta avidez, parecía proporcionar nuevas y terribles pistas sobre la naturaleza, los métodos y los deseos del extraño mal que tan vagamente amenazaba a este planeta. Las conversaciones con varios estudiosos de la sabiduría arcaica en Boston y las cartas a muchos otros en otros lugares le produjeron un asombro creciente que pasó lentamente por diversos grados de alarma hasta llegar a un estado de temor espiritual realmente agudo. A medida que avanzaba el verano sintió vagamente que había que hacer algo respecto a los terrores que acechaban en el valle superior del Miskatonic y respecto al monstruoso ser conocido por el mundo humano como Wilbur Whateley.

6

El horror de Dunwich propiamente dicho se produjo entre Lammas y el equinoccio de 1928 y el Dr. Armitage fue uno de los que presenciaron su monstruoso prólogo. Había oído hablar, mientras tanto, del grotesco viaje de Whateley a Cambridge y de sus frenéticos esfuerzos por tomar prestado o copiar del *Necronomicón* en la Biblioteca Widener. Esos esfuerzos habían sido en vano, ya que Armitage había lanzado advertencias de la más aguda intensidad a todos los bibliotecarios que tenían a su cargo el temido volumen. Wilbur había estado escandalosamente nervioso en Cambridge, ansioso por el libro, pero casi igualmente ansioso por volver a casa, como si temiera los resultados de estar mucho tiempo fuera.

A principios de agosto se produjo el desenlace casi esperado y en la madrugada del día 3 el Dr. Armitage fue despertado de repente por los gritos salvajes y feroces del salvaje perro guardián del campus universitario. Profundos y terribles, los gruñidos y ladridos, medio enloquecidos, continuaron, siempre en volumen creciente, pero con pausas horriblemente significativas. Entonces sonó un grito procedente de una garganta totalmente diferente —un grito tal que despertó a la mitad de los durmientes de Arkham y atormentó sus sueños para siempre—, un grito tal que no podía proceder de ningún ser nacido de la tierra o enteramente de la tierra.

Armitage se apresuró a ponerse algo de ropa y cruzó corriendo la calle y el césped hasta los edificios de la universidad, vio que otros iban delante de él y oyó los ecos de una alarma antirrobo que seguía chirriando desde la biblioteca. Una ventana abierta se mostraba negra y boquiabierta a la luz de la luna. Lo que había llegado, en efecto, había completado su entrada porque los ladridos y los gritos, que ahora se desvanecían rápidamente en una mezcla de gruñidos y gemidos graves, procedían inequívocamente del interior. Algún instinto advirtió a Armitage de que lo que estaba ocurriendo no era algo para ser visto por ojos no fortalecidos, así que apartó a la multitud con autoridad mientras abría la puerta del vestíbulo. Entre los demás vio al Profesor Warren Rice y al Dr. Francis Morgan, hombres a los que había contado algunas de sus conjeturas y recelos, a estos dos les hizo señas para que le acompañaran al interior. Los sonidos del interior, a excepción de un vigilante y zumbón quejido del perro, habían cesado por completo en ese momento pero Armitage percibió ahora, con un sobresalto repentino, que un fuerte coro de chotacabras entre los arbustos había comenzado un gorjeo condenadamente rítmico, como al unísono con el último aliento de un moribundo. El edificio estaba lleno de un hedor espantoso que el Dr. Armitage conocía demasiado bien y los tres hombres cruzaron corriendo el vestíbulo hasta la pequeña sala de lectura genealógica de donde procedía el grave quejido. Durante un segundo nadie se atrevió a encender la luz, entonces Armitage se armó de valor y pulsó el interruptor. Uno de los tres —no se sabe con certeza cuál— chilló en voz alta ante lo que se extendía ante ellos entre mesas desordenadas y sillas volcadas. El Profesor Rice declara que perdió totalmente el conocimiento durante un instante, aunque no tropezó ni cayó.

La cosa que yacía medio doblada de lado en un fétido charco de icor amarillo verdoso y pegajosidad alquitranada medía casi nueve pies y el perro le había arrancado toda la ropa y parte de la piel. No estaba del todo muerto pero se retorcía silenciosa y espasmódicamente mientras su pecho se agitaba en monstruoso unísono con el loco canto de los expectantes chotacabras del exterior. Trozos de cuero de zapatos y fragmentos de ropa estaban esparcidos por la habitación y justo dentro de la ventana un saco de lona vacío yacía donde evidentemente había sido arrojado. Cerca del escritorio central había caído un revólver, un cartucho abollado pero no descargado explicaba más tarde por qué no había sido disparado. La cosa en sí, sin embargo, eclipsaba todas las demás imágenes en ese momento. Sería trillado y no del todo exacto decir que ninguna pluma humana podría describirlo pero se puede decir con propiedad que no podría ser visualizado vívidamente por nadie cuyas ideas de aspecto y contorno estén demasiado ligadas a las formas de vida comunes de este planeta y de las tres dimensiones conocidas. Era en parte humano, sin lugar a dudas, con manos y cabeza muy varoniles, y el rostro caprino y sin barbilla tenía el sello de los Whateley. Pero el torso y las partes inferiores del cuerpo eran teratológicamente fabulosos, de modo que sólo una vestimenta generosa podría haberle permitido caminar sobre la tierra sin ser desafiado ni erradicado.

Por encima de la cintura era semiantropomorfo aunque su pecho, donde las desgarradoras patas del perro aún descansaban vigilantes, tenía la piel correosa y reticulada de un cocodrilo o un caimán. La espalda era de color pálido con amarillo y negro y sugería tenuemente la cubierta escamosa de ciertas serpientes. Por debajo de la cintura, sin embargo, estaba lo peor, porque aquí se acababa todo parecido humano y comenzaba la pura fantasía. La piel estaba densamente cubierta de un áspero pelaje negro y del abdomen sobresalían sin fuerza una veintena de largos tentáculos de color gris verdoso con rojas bocas succionadoras. Su disposición era extraña y parecía seguir las simetrías de alguna geometría cósmica desconocida para la Tierra o el sistema solar. En cada una de las caderas, profundamente engarzadas en una especie de órbita rosácea y ciliada, había lo que parecía ser un ojo rudimentario, mientras que en lugar de cola había una especie de trompa o palpador con marcas anulares de color púrpura y con muchas evidencias de ser una boca o garganta sin desarrollar. Las extremidades, salvo por su pelaje negro, se asemejaban aproximadamente a las patas traseras de los saurios gigantes de la Tierra prehistórica y terminaban en unas almohadillas estriadas que no eran ni pezuñas ni garras. Cuando la cosa respiraba, su cola y tentáculos cambiaban rítmicamente de color, como por alguna causa circulatoria normal en el lado no humano de su ascendencia. En los tentáculos esto era observable como una profundización del tinte verdoso mientras que en la cola se manifestaba como un aspecto amarillento que alternaba con un enfermizo blanco grisáceo en los espacios entre los anillos púrpura. De sangre auténtica no había nada, sólo el fétido icor amarillo verdoso que se escurría por el suelo pintado más allá del radio de la pegajosidad y que dejaba tras de sí una curiosa decoloración.

Cuando la presencia de los tres hombres pareció reanimar al moribundo, éste empezó a murmurar sin volverse ni levantar la cabeza. El Dr. Armitage no dejó constancia escrita de sus balbuceos pero afirma con seguridad que no pronunció nada en inglés. Al principio las sílabas desafiaban toda correlación con cualquier habla de la tierra pero hacia el final llegaron algunos fragmentos inconexos evidentemente tomados del *Necronomicón*, esa monstruosa blasfemia en busca de la cual la cosa había perecido. Esos fragmentos, tal y como los recuerda Armitage, decían algo así como «N'gai, n'gha'ghaa, bugg-shoggog, y'hah; Yog-Sothoth, Yog-Sothoth...». Se desvanecían en la nada mientras los chotacabras chillaban en rítmicos crescendos de impía anticipación.

Entonces se detuvo el jadeo y el perro levantó la cabeza en un aullido largo y lúgubre. Un cambio se produjo en el rostro amarillo y caprino de la cosa postrada y los grandes ojos negros se clavaron espantosamente. Fuera de la ventana, el chillido de los chotacabras había cesado de repente y, por encima de los murmullos de la multitud que se reunía, llegó el sonido de un zumbido y un aleteo de pánico. Contra la luna se alzaron vastas nubes de observadores emplumados que se perdieron de vista, frenéticos ante lo que habían buscado como presa.

De repente, el perro se sobresaltó bruscamente, lanzó un ladrido asustado y saltó nervioso por la ventana por la que había entrado. Un clamor se alzó entre la multitud y el Dr. Armitage gritó a los hombres de fuera que no se debía admitir a nadie hasta que llegara la policía o el médico forense. Agradeció que las ventanas fueran demasiado altas para permitir asomarse y corrió cuidadosamente las oscuras cortinas sobre cada una de ellas. Para entonces ya habían llegado dos policías y el Dr. Morgan, al reunirse con ellos en el vestíbulo, les instaba por su propio bien a que pospusieran la entrada a la apestosa sala de lectura hasta que llegara el forense y se pudiera tapar la cosa postrada.

Mientras tanto, en el suelo se producían cambios espantosos. No es necesario describir el tipo y el ritmo de encogimiento y desintegración que se produjo ante los ojos del Dr. Armitage y del Profesor Rice pero es lícito decir que, aparte de la apariencia externa de cara y manos, los elementos realmente humanos en Wilbur Whateley debían de ser muy pequeños. Cuando llegó el médico forense, sólo había una masa blanquecina y pegajosa sobre las tablas pintadas y el olor monstruoso casi había desaparecido. Al parecer, Whateley no había tenido cráneo ni esqueleto óseo, al menos, en ningún sentido verdadero o estable. Había heredado algo de su desconocido padre.

7

Sin embargo, todo esto fue sólo el prólogo del verdadero horror de Dunwich. Las formalidades fueron cumplidas por funcionarios desconcertados, los detalles anómalos fueron debidamente ocultados a la prensa y al público y se enviaron hombres a Dunwich y Aylesbury para buscar propiedades y notificar a cualquiera que pudiera ser heredero del difunto Wilbur Whateley. Encontraron la campiña muy agitada, tanto por los crecientes estruendos bajo las colinas abovedadas, como por el hedor inusitado y los sonidos de oleadas y chapoteos que procedían cada vez más del gran cascarón vacío que formaba la granja de Whateley, abandonada. Earl Sawyer, que cuidaba del caballo y del ganado durante la ausencia de Wilbur, había adquirido una agudeza de nervios digna de admiración. Los funcionarios idearon excusas para no entrar en el ruidoso lugar entablado y se alegraron de limitar su inspección de la vivienda del difunto, los cobertizos recién reparados, a una sola visita. Presentaron un voluminoso informe en el juzgado de Aylesbury y se dice que los litigios relativos a la herencia siguen en curso entre los innumerables Whateleys, decaídos y no decaídos, del alto valle del Miskatonic.

Un manuscrito casi interminable en extraños caracteres, escrito en un enorme libro de contabilidad y considerado una especie de diario por el espaciado y las variaciones de tinta y caligrafía, presentaba un desconcertante rompecabezas a quienes lo encontraron sobre el viejo buró que servía de escritorio a su propietario. Tras una semana de debate fue enviado a la Universidad de Miskatonic, junto con la colección de libros extraños del difunto, para su estudio y posible traducción pero incluso los mejores lingüistas vieron pronto que no era probable que se pudiera desentrañar con facilidad. Aún no se ha descubierto rastro alguno del oro antiguo con el que Wilbur y el viejo Whateley siempre pagaban sus deudas.

Fue en la oscuridad del 9 de septiembre cuando se desató el horror. Los ruidos de la colina habían sido muy pronunciados durante la tarde y los perros ladraron frenéticamente toda la noche. Los madrugadores del día 10 notaron un hedor peculiar en el aire. Hacia las siete, Luther Brown, el muchacho contratado en casa de George Corey, entre Cold Spring Glen y el pueblo, regresó corriendo frenéticamente de su excursión matinal a Ten-Acre Meadow con las vacas. Estaba casi convulsionado por el susto mientras entraba a tientas en la cocina y en el patio, fuera, el rebaño, no menos asustado, daba zarpazos y berreaba lastimo-samente, habiendo seguido al muchacho en el pánico que compartían con él. Entre jadeos, Luther intentó balbucear su relato a Mrs. Corey.

«Allá arriba en el arroyo, más allá de la cañada, Mis' Corey, ¡hay algo allí! Huele como un trueno y todos los arbustos y arbolitos están empu-jados hacia atrás desde el arroyo como si hubieran movido una casa a lo largo de él. Y eso no es todo. Hay huellas en el barro, Mis' Corey, huellas grandes como cabezas de barril, todas hundidas como si hubiera pasa-do un elefante, sólo que son mucho más grandes que las que podrían dejar cuatro patas. Miré una o dos antes de correr y vi que todas esta-ban cubiertas de líneas que se extendían desde un mismo lugar, como si grandes abanicos de hojas de palmera —dos o tres veces más grandes que cualquiera de ellas— se hubieran clavado en el barro. Y el olor era horrible, como el de la vieja casa del Mago Whateley...».

Aquí vaciló y pareció estremecerse de nuevo con el susto que le había hecho huir a casa. Mrs. Corey, incapaz de extraer más información, em-pezó a telefonear a los vecinos; iniciando así sus rondas las olas de pá-nico que anunciaban los mayores terrores. Cuando se puso en contacto con Sally Sawyer, ama de llaves de Seth Bishop, el lugar más cercano a Whateley, le tocó escuchar en lugar de comunicar, porque Chauncey, el hijo de Sally, que dormía mal, había subido a la colina en dirección a Whateley y había regresado despavorido tras echar un vistazo al lugar y a los pastos donde las vacas de Mr. Bishop habían permanecido fuera toda la noche.

«Sí, Mis' Corey», llegó la voz temblorosa de Sally a través del cable del grupo, «¡Cha'ncey acaba de volver a su puesto y no podía ni hablar de lo asustado que estaba! Dice que la casa del viejo Whateley ha volado por los aires, con los maderos esparcidos por todas partes como si hubie-ran sido dinamitados en su interior, sólo que el piso de abajo no está destrozado, sino que está todo cubierto de una especie de alquitrán que huele espantosamente y gotea por las paredes hasta el suelo, donde los maderos laterales han volado por los aires. Y hay marcas horribles en el patio, marcas más grandes que un barril de cerdo y pegajosas como las de la casa volada. Cha'ncey dice que conducen a los médanos, donde una gran franja más ancha que un granero está esparcida y todas las paredes de piedra derribadas por donde quiera que va.

«Y dice, dice él, Mis' Corey, cómo fue a buscar las vacas de Seth, asus-tado como estaba, y las encontró en el pasto superior cerca del Patio de Lúpulo del Diablo en un estado horrible. Cada una de ellas estaba destrozada y casi todas las que quedaban estaban llenas de sangre, con llagas como las que tenía el ganado de Whateley desde que nació el mocoso negro de Lavinia. Seth ha salido ahora a verlas, ¡aunque le aseguro que no querrá acercarse mucho a las del Mago Whateley! Cha'ncey no se fijó bien para ver adónde conducía la gran hilera de césped enmarañado después de salir del pastizal pero dice que cree que iba hacia la cañada bordeando el pueblo.

«Le digo, Mis' Corey, que hay cosas en el exterior que no deberían estar en el exterior, y yo, por mi parte, creo que el negro Wilbur Whateley, que ha llegado al mal final que se merecía, está en el fondo de la cuestión. No era del todo humano, se lo digo a todo el mundo, y creo que él y el viejo Whateley deben de haber criado algo en esa casa clavada que ni siquiera es tan humano como él. Alrededor de Dunwich hay cosas invisibles, cosas que viven, que no son humanas y no son buenas para los humanos.

«El granjero estuvo hablando toda la noche y por la mañana Cha'ncey oyó a los chotacabras tan ruidosos en Col' Spring Glen que no pudo dormir. Luego creyó oír otro ruido débil hacia la casa del Mago Whateley, una especie de rasgón o desgarro de madera, como si estuvieran abriendo alguna caja o cajón grande. Con todo esto, no pudo dormir hasta el amanecer y apenas se levantó esta mañana tuvo que ir a casa de Whateley a ver qué pasaba. ¡Ya ha visto bastante, le digo, Mis' Corey! Esto no significa nada bueno y creo que todos los hombres deberían formar un grupo y hacer algo. Sé que se acerca algo terrible y siento que mi hora está cerca, aunque sólo Dios sabe cuál es.

«¿Tuvo en cuenta su Luther a dónde llevaban esas grandes huellas? ¿No? Vaya, Mis' Corey, si estaban en la cañada de este lado de la misma, y aún no han llegado a su casa, calculo que deben entrar en la cañada misma. Eso es lo que harían. Yo también digo que Col' Spring Glen no es un lugar sano ni decente. Los chotacabras y las luciérnagas de allí nunca actuaron como si fueran criaturas de Dios y ellos son los que dicen que se pueden oír cosas extrañas corriendo y hablando en el aire allá abajo si una se para en el lugar correcto, entre los desprendimientos de rocas y la Guarida del Oso».

Hacia ese mediodía, las tres cuartas partes de los hombres y niños de Dunwich recorrían los caminos y prados entre las ruinas de la nueva construcción de los Whateley y Cold Spring Glen, examinaban horrorizados las vastas y monstruosas huellas, el ganado mutilado de Bishop, los extraños y ruidosos restos de la granja y la magullada y enmarañada vegetación de los campos y los bordes de los caminos. Fuera lo que fuese lo que se había desatado sobre el mundo, sin duda había descendido por el gran barranco siniestro, porque todos los árboles de las orillas estaban doblados y rotos y se había surcado un gran camino en la maleza que colgaba del precipicio. Era como si una casa, lanzada por una avalancha, se hubiera deslizado por los enmarañados matorrales de la ladera casi vertical. Desde abajo no llegaba ningún sonido, sino sólo un fetor lejano e indefinible, y no es de extrañar que los hombres prefirieran quedarse en el borde y discutir, antes que descender y acechar al desconocido horror ciclópeo en su guarida. Tres perros que acompañaban a la partida habían ladrado furiosamente al principio, pero parecían acobardados y reacios cuando se acercaron a la cañada. Alguien telefoneó la noticia al *Aylesbury Transcript* pero el editor, acostumbrado a los relatos salvajes de Dunwich, no hizo más que urdir un párrafo humorístico al respecto, un artículo reproducido poco después por la Associated Press.

Esa noche todo el mundo se fue a casa y todas las casas y graneros fueron atrincherados con las barricadas más resistentes posibles. Ni que decir tiene que no se permitió que ningún ganado permaneciera en pastos abiertos. Hacia las dos de la madrugada, un hedor espantoso y los ladridos salvajes de los perros despertaron a los habitantes de la casa de Elmer Frye, en el extremo oriental de Cold Spring Glen, y todos coincidieron en que podían oír una especie de sonido sordo de chapoteo o lapeo procedente de algún lugar del exterior. Mrs. Frye propuso telefonear a los vecinos y Elmer estaba a punto de aceptar cuando el ruido de madera astillándose irrumpió en sus deliberaciones. Procedía, al parecer, del granero y fue seguido rápidamente por unos horribles gritos y pisotones entre el ganado. Los perros se agitaron y se agazaparon cerca de los pies de la familia entumecida por el miedo. Frye encendió una linterna por la fuerza de la costumbre pero sabía que sería mortal salir a aquel negro corral. Los niños y las mujeres gimoteaban, evitando gritar por algún oscuro y vestigial instinto de defensa que les decía que sus vidas dependían del silencio. Por fin, el ruido del ganado se redujo a un gemido lastimero y se oyó un gran chasquido y crujido. Los Frye, acurrucados en la sala de estar, no se atrevieron a moverse hasta que los últimos ecos se apagaron, lejos, en Cold Spring Glen. Entonces, entre los lúgubres gemidos del establo y el endemoniado ulular de los chotacabras en la cañada, Selina Frye se acercó tambaleándose al teléfono y difundió las noticias que pudo de la segunda fase del horror.

Al día siguiente todo el campo estaba sumido en pánico y grupos acobardados y sin ganas de hablar iban y venían por donde había ocurrido el diabólico suceso. Dos franjas titánicas de destrucción se extendían desde la cañada hasta el corral de los Frye, huellas monstruosas cubrían los trozos de tierra desnuda y uno de los lados del viejo granero rojo se había derrumbado por completo. De las reses, sólo se pudo encontrar e identificar una cuarta parte. Algunas de ellas se encontraban en curiosos fragmentos y todas las que sobrevivieron tuvieron que ser fusiladas. Earl Sawyer sugirió que se pidiera ayuda a Aylesbury o Arkham, pero otros sostuvieron que no serviría de nada. El viejo Zebulon Whateley, de una rama que rondaba a medio camino entre la solidez y la decadencia, hizo sugerencias oscuramente descabelladas sobre los ritos que deberían practicarse en las cimas de las colinas. Procedía de una línea en la que la tradición estaba asentada y sus recuerdos de cánticos en los grandes círculos de piedra no estaban del todo relacionados con Wilbur y su abuelo.

La oscuridad cayó sobre un pueblo azotado y demasiado pasivo como para organizarse para una defensa real. En unos pocos casos, familias estrechamente emparentadas se agrupaban y vigilaban en la penumbra bajo un mismo techo pero, en general, sólo había una repetición de las barricadas de la noche anterior y un gesto fútil e ineficaz de cargar mosquetes y colocar horquetas a mano. No ocurrió nada, sin embargo, salvo algunos ruidos en la colina y cuando llegó el día hubo muchos que esperaban que el nuevo horror se hubiera ido tan rápido como había llegado. Hubo incluso almas audaces que propusieron una expedición ofensiva en la cañada, aunque no se aventuraron a dar un ejemplo real a la mayoría aún reticente.

Cuando llegó de nuevo la noche se repitieron las barricadas, aunque hubo menos apiñamiento de familias. Por la mañana, tanto los Frye como los Seth Bishop informaron acerca de la excitación entre los perros y de vagos sonidos y hedores procedentes de lejos, mientras que los primeros exploradores observaron con horror un nuevo conjunto de las monstruosas huellas en la carretera que bordeaba la colina Sentinel. Como antes, los lados del camino mostraban una marca indicativa del blasfemo y estupendo bulto del horror, mientras que la conformación de las huellas parecía argumentar un paso en dos direcciones, como si la montaña en movimiento hubiera venido de Cold Spring Glen y regresado allí por el mismo camino. En la base de la colina, una franja de treinta pies de arbustos y árboles jóvenes aplastados conducía abruptamente hacia arriba y los buscadores jadearon al ver que ni los lugares más perpendiculares desviaban el inexorable rastro. Fuera lo que fuera el horror, podía escalar un escarpado acantilado pedregoso casi completamente vertical y cuando los investigadores subieron hasta la cima de la colina por rutas más seguras vieron que el rastro terminaba —o más bien, daba marcha atrás— allí.

Era aquí donde los Whateley solían encender sus fuegos infernales y cantar sus rituales infernales junto a la piedra en forma de mesa en la víspera de mayo y en la misa de Todos los Santos. Ahora esa misma piedra formaba el centro de un vasto espacio azotado por el horror montañoso, mientras que sobre su superficie ligeramente cóncava había un espeso depósito fétido de la misma viscosidad alquitranada que se observaba en el suelo de la granja en ruinas de los Whateley cuando el horror escapó. Los hombres se miraron unos a otros y murmuraron. Luego miraron colina abajo. Al parecer, el horror había descendido por una ruta muy parecida a la de su ascenso. Especular era inútil. La razón, la lógica y las ideas normales de motivación quedaron confundidas. Sólo el viejo Zebulon, que no estaba con el grupo, podría haber hecho justicia a la situación o sugerido una explicación plausible.

La noche del jueves empezó muy parecida a las demás, pero terminó menos felizmente. Los chotacabras de la cañada habían chillado con una persistencia tan inusitada que muchos no pudieron dormir y hacia las tres de la madrugada todos los teléfonos del grupo sonaron temblorosamente. Los que descolgaron sus receptores oyeron una voz enloquecida por el miedo gritar: «¡Socorro, oh, Dios mío...!» y algunos pensaron que un estruendo siguió a la interrupción de la exclamación. No hubo nada más. Nadie se atrevió a hacer nada y nadie supo hasta el día siguiente de dónde procedía la llamada. Entonces los que la habían oído llamaron a todos los que estaban en la línea y descubrieron que sólo los Fry no respondían. La verdad se supo una hora más tarde, cuando un grupo de hombres armados reunido apresuradamente se dirigió a la casa de los Frye, en la cabecera de la cañada. Era horrible, pero difícilmente una sorpresa. Había más hileras y huellas monstruosas pero ya no había ninguna casa. Se había derrumbado como una cáscara de huevo y entre las ruinas no se podía descubrir nada, ni vivo ni muerto, sólo un hedor y una pegajosidad alquitranada. Los Elmer Fryes habían sido borrados de Dunwich.

8

Mientras tanto, una fase del horror más silenciosa, pero aún más conmovedora espiritualmente, se había ido desenvolviendo sombríamente tras la puerta cerrada de una habitación forrada de estanterías en Arkham. El curioso registro manuscrito o diario de Wilbur Whateley, entregado a la Universidad de Miskatonic para su traducción, había causado mucha preocupación y desconcierto entre los expertos en lenguas tanto antiguas como modernas; su propio alfabeto, a pesar de un parecido genérico con el árabe matizado utilizado en Mesopotamia, era absolutamente desconocido para cualquier autoridad disponible. La conclusión final de los lingüistas fue que el texto representaba un alfabeto artificial que provocaba el efecto de una clave, aunque ninguno de los métodos habituales de solución criptográfica parecía proporcionar pista alguna, ni siquiera cuando se aplicaban sobre la base de todas las lenguas que el escritor hubiera podido utilizar. Los libros antiguos sacados de los aposentos de Whateley, aunque absorbentemente interesantes y en varios casos prometiendo abrir nuevas y terribles líneas de investigación entre los filósofos y los hombres de ciencia, no fueron de ninguna ayuda en este asunto. Uno de ellos, un pesado tomo con un cierre de hierro, estaba escrito en otro alfabeto desconocido, éste de una factura muy diferente y parecido al sánscrito más que a ninguna otra cosa. Al final, el viejo libro mayor se entregó por completo al Dr. Armitage, tanto por su peculiar interés en el asunto de Whateley, como por su amplio conocimiento lingüístico y su destreza en las fórmulas místicas de la antigüedad y la Edad Media.

Armitage tenía la idea de que el alfabeto podría ser algo esotéricamente utilizado por ciertos cultos prohibidos que vienen de antiguo y que han heredado muchas formas y tradiciones de los magos del mundo sarraceno. Esa cuestión, sin embargo, no la consideraba vital, ya que sería innecesario conocer el origen de los símbolos si, como sospechaba, se utilizaban como clave en una lengua moderna. Creía que, teniendo en cuenta la gran cantidad de texto de que se trataba, el escritor apenas se habría tomado la molestia de utilizar otra lengua que no fuera la suya, salvo quizá en ciertas fórmulas y conjuros especiales. En consecuencia, atacó el manuscrito con la suposición preliminar de que la mayor parte estaba en inglés.

El Dr. Armitage sabía, por los repetidos fracasos de sus colegas, que el enigma era profundo y complejo y que ningún modo sencillo de solución podía merecer siquiera un ensayo. Durante todo el mes de agosto se nutrió de la sabiduría popular de la criptografía, utilizando todos los recursos de su propia biblioteca y vadeando noche tras noche entre los arcanos de la *Poligraphia* de Trithemius, el *De Furtivis Literarum Notis* de Giambattista Porta, el *Traité des Chiffres* de De Vigenere, el *Cryptomenysis Patefacta* de Falconer, los tratados del siglo XVIII de Davys y Thicknesse y autoridades bastante modernas como Blair, von Marten y el *Kryptographik* de Klüber. Intercaló su estudio de los libros con ataques al propio manuscrito y con el tiempo se convenció de que tenía que enfrentarse a uno de esos criptogramas más sutiles e ingeniosos, en los que muchas listas separadas de letras correspondientes están dispuestas como la tabla de multiplicar y el mensaje se construye con palabras clave arbitrarias que sólo conocen los iniciados. Las autoridades más antiguas parecían bastante más útiles que las más recientes y Armitage llegó a la conclusión de que el código del manuscrito era uno de gran antigüedad, sin duda transmitido a través de una larga línea de experimentadores místicos. Varias veces parecía que iba a hacerse la luz, sólo para tener que retroceder por algún obstáculo imprevisto. Luego, a medida que se acercaba septiembre, las nubes empezaron a despejarse. Ciertas letras, tal y como se utilizaban en determinadas partes del manuscrito, emergieron de forma definitiva e inequívoca y se hizo evidente que el texto estaba efectivamente en inglés.

La noche del 2 de septiembre, la última gran barrera cedió y el Dr. Armitage leyó por primera vez un pasaje continuo de los anales de Wilbur Whateley. Era en verdad un diario, como todos habían pensado, y estaba redactado en un estilo que mostraba claramente la mezcla de erudición ocultista y analfabetismo general del extraño ser que lo escribió. Prácticamente el primer pasaje largo que descifró Armitage, una entrada fechada el 26 de noviembre de 1916, resultó altamente sorprendente e inquietante. Estaba escrita, recordó, por un niño de tres años y medio que parecía un muchacho de doce o trece.

Hoy aprendí el Aklo para el Sabaoth, [siguió] que no me gustó, siendo respondible de la colina y no del aire. Que arriba más por delante de mí de lo que había pensado que sería y no es como tener mucho cerebro de la tierra. Disparé a Jack, el collie de Elam Hutchins, cuando iba a morderme y Elam dice que me iba a matar si lo hacía. Supongo que no lo hará. El abuelo me mantuvo diciendo la fórmula Dho anoche y creo que vi la ciudad interior en los 2 polos magnéticos. Iré a esos polos cuando se despeje la tierra, si no puedo abrirme paso con la fórmula Dho-Hna cuando la cometa. Los del aire me dijeron en el Sabbat que pasarán años antes de que pueda salir de la tierra y supongo que el abuelo estará muerto entonces, así que tendré que aprender todos los ángulos de los planos y todas las fórmulas entre el Yr y el Nhhngr. Los de fuera ayudarán, pero no pueden tomar cuerpo sin sangre humana. Eso de arriba parece que tendrá la forma adecuada. Puedo verla un poco cuando hago el signo yoorish o le soplo el poder de Ibn Ghazi y está cerca como ellos en la víspera de mayo en la colina. La otra cara puede desaparecer un poco. Me pregunto qué aspecto tendré cuando la tierra esté despejada y no haya seres terrestres en ella. El que vino con el Aklo Sabaoth dijo que puede que me transfigure, ya que hay mucho de fuera en lo que trabajar.

La mañana encontró al Dr. Armitage sumido en un sudor frío de terror y en un frenesí de concentración despierta. No se había separado del manuscrito en toda la noche, estaba sentado a su mesa bajo la luz eléctrica pasando página tras página con manos temblorosas tan rápido como podía descifrar el críptico texto. Había telefoneado nerviosamente a su esposa diciéndole que no volvería a casa y cuando ella le trajo un desayuno de la casa apenas pudo tomar un bocado. Durante todo ese día siguió leyendo, de vez en cuando se detenía enloquecido cuando era necesario volver a aplicar la compleja clave. Le trajeron el almuerzo y la cena pero sólo comió una mínima parte de ambos. Hacia la mitad de la noche siguiente se durmió en su silla pero pronto despertó de una maraña de pesadillas casi tan horribles como las verdades y amenazas a la existencia del hombre que había descubierto.

La mañana del 4 de septiembre el Profesor Rice y el Dr. Morgan insistieron en verle un rato y se marchó tembloroso y ceniciento. Esa noche se fue a la cama pero sólo durmió de forma irregular. El miércoles —al día siguiente— estaba de nuevo ante el manuscrito y empezó a tomar copiosas notas tanto de las secciones actuales como de las que ya había descifrado. En las primeras horas de esa noche durmió un poco en un sillón de su despacho pero estuvo de nuevo ante el manuscrito antes del amanecer. Algún tiempo antes del mediodía su médico, el Dr. Hartwell, le visitó e insistió en que dejara de trabajar. Él se negó, insinuando que era de la mayor importancia para él completar la lectura del diario, prometiendo una explicación a su debido tiempo.

Aquella noche, justo cuando caía el crepúsculo, terminó su terrible lectura y se desplomó exhausto. Su esposa, que le traía la cena, lo encontró en un estado medio comatoso pero él estaba lo bastante consciente como para detenerla con un grito agudo cuando vio que sus ojos se desviaban hacia las notas que había tomado. Levantándose con debilidad, recogió los papeles garabateados y los selló todos en un gran sobre que guardó inmediatamente en el bolsillo interior de su abrigo. Tenía fuerzas suficientes para llegar a casa pero era tan evidente que necesitaba ayuda médica que llamaron enseguida al Dr. Hartwell. Mientras el médico lo acostaba, sólo pudo murmurar una y otra vez: «Pero, en nombre de Dios, ¿qué podemos hacer?».

El Dr. Armitage durmió pero al día siguiente deliraba parcialmente. No dio explicaciones a Hartwell pero en sus momentos más tranquilos habló de la necesidad imperiosa de una larga reunión con Rice y Morgan. Sus divagaciones más salvajes fueron realmente sorprendentes, incluyendo frenéticos llamamientos para que se destruyera algo en una granja entablada y fantásticas referencias a algún plan para la extirpación de toda la raza humana y de toda la vida animal y vegetal de la tierra por parte de alguna terrible raza mayor de seres de otra dimensión. Gritaba que el mundo estaba en peligro, ya que las Cosas Mayores deseaban despojarlo y arrastrarlo fuera del sistema solar y del cosmos de la materia hacia algún otro plano o fase de la entidad de la que una vez había caído, vigintillones de eones atrás. Otras veces recurría al temido *Necronomicón* y a la *Dæmonolatreia* de Remigius, en los que parecía tener la esperanza de encontrar alguna fórmula para frenar el peligro que conjuraba.

«¡Deténganlos, deténganlos!», gritaba. «¡Esos Whateley quisieron dejarlos entrar y queda lo peor de todo! Dígales a Rice y a Morgan que debemos hacer algo; es un asunto a ciegas, pero yo sé cómo hacer el polvo... No se ha alimentado desde el 2 de agosto, cuando Wilbur vino aquí a morir, y a ese paso...».

Pero Armitage tenía un físico sólido a pesar de sus setenta y tres años, y esa noche concilió el sueño sin presentar verdadera fiebre. Se despertó a última hora del viernes, despejado, aunque sobrio, con un miedo desgarrador y un tremendo sentido de la responsabilidad. El sábado por la tarde se sintió capaz de ir a la biblioteca y convocar a Rice y Morgan para una reunión y durante el resto del día y la noche los tres hombres se torturaron los sesos en la especulación más salvaje y el debate más desesperado. Se sacaron voluminosos libros extraños y terribles de los estantes de las bibliotecas y de lugares seguros de almacenamiento y se copiaron diagramas y fórmulas con prisa febril y en desconcertante abundancia. De escepticismo no había nada. Los tres habían visto el cuerpo de Wilbur Whateley tendido en el suelo en una habitación de ese mismo edificio y después de aquello ninguno de ellos podía sentirse siquiera ligeramente inclinado a tratar el diario como un desvarío de un loco.

Las opiniones estaban divididas en cuanto a la notificación a la policía estatal de Massachusetts y finalmente ganó la negativa. Había cosas en juego que simplemente no podían ser creídas por quienes no habían visto personalmente una muestra, como de hecho quedó claro durante ciertas investigaciones posteriores. A última hora de la noche la reunión se disolvió sin haber desarrollado un plan definitivo pero durante todo el domingo Armitage estuvo ocupado comparando fórmulas y mezclando productos químicos obtenidos en el laboratorio de la universidad. Cuanto más reflexionaba sobre el infernal diario, más se inclinaba a dudar de la eficacia de cualquier agente material para acabar con la entidad que Wilbur Whateley había dejado tras de sí, la entidad amenazadora para la tierra que, sin que él lo supiera, iba a estallar en unas horas y convertirse en el memorable horror de Dunwich.

El lunes fue una repetición del domingo para el Dr. Armitage pues la tarea que tenía entre manos requería infinidad de investigaciones y experimentos. Nuevas consultas del monstruoso diario provocaron varios cambios de planes y sabía que incluso al final debía quedar una gran dosis de incertidumbre. El martes ya tenía definida una línea de acción y creía que intentaría un viaje a Dunwich en una semana. Entonces, el miércoles, llegó la gran sorpresa. Escondido oscuramente en un rincón del *Arkham Advertiser* había un pequeño artículo caricaturesco de Associated Press en el que se exponía el monstruo sin precedentes que había provocado el whisky de contrabando de Dunwich. Armitage, medio aturdido, sólo pudo llamar por teléfono a Rice y Morgan. Discutieron hasta bien entrada la noche y el día siguiente fue un torbellino de preparativos por parte de todos ellos. Armitage sabía que se inmiscuiría con poderes terribles pero vio que no había otra forma de anular la intromisión más profunda y maligna que otros habían hecho antes que él.

9

El viernes por la mañana Armitage, Rice y Morgan partieron en automóvil hacia Dunwich, llegando al pueblo hacia la una de la tarde. El día era agradable, pero incluso a la luz del sol más brillante una especie de temor y presagio silenciosos parecían cernirse sobre las colinas extrañamente abovedadas y los profundos y sombríos barrancos de la región siniestrada. De vez en cuando, en la cima de alguna montaña, se vislumbraba un macilento círculo de piedras contra el cielo. Por el aire de espanto que se respiraba en la tienda de Osborn supieron que algo horrible había ocurrido y pronto se enteraron de la aniquilación de la casa y la familia de Elmer Frye. Durante toda aquella tarde recorrieron a caballo los alrededores de Dunwich, interrogando a los nativos acerca de todo lo ocurrido y viendo por sí mismos, con crecientes punzadas de horror, las lóbregas ruinas de Frye con sus persistentes rastros de la pegajosidad alquitranada, las blasfemas huellas en el patio de Frye, el ganado herido de Seth Bishop y las enormes franjas de vegetación alterada en diversos lugares. El sendero que subía y bajaba por la colina Sentinel le pareció a Armitage de una importancia casi cataclísmica y contempló largamente la siniestra piedra en forma de altar de la cima.

Al final, los visitantes, informados de un destacamento de la policía estatal que había llegado de Aylesbury esa mañana en respuesta a los primeros informes telefónicos de la tragedia de Frye, decidieron buscar a los agentes y comparar notas en la medida de lo posible. Esto, sin embargo, les resultó más fácil de planear que de llevar a cabo, ya que no se pudo encontrar ninguna señal del destacamento en ninguna dirección. Había cinco de ellos en un coche, pero ahora éste permanecía vacío cerca de las ruinas del patio de Frye. Los nativos, todos los cuales habían hablado con los policías, parecían al principio tan perplejos como Armitage y sus acompañantes. Entonces el viejo Sam Hutchins pensó en algo y palideció, dando un codazo a Fred Farr y señalando la hondonada húmeda y profunda que se abría cerca de allí.

«Dios», jadeó, «les dije que no bajaran a la cañada, y nunca pensé que nadie lo haría con esas huellas y ese olor y los chotacabras revoloteando por ahí en la oscuridad del mediodía...».

Un escalofrío recorrió a nativos y visitantes por igual y todos los oídos parecían tensos en una especie de escucha instintiva e inconsciente. Armitage, ahora que realmente se había topado con el horror y su monstruosa obra, temblaba por la responsabilidad que sentía que le correspondía. Pronto caería la noche, y era entonces cuando la blasfemia montañosa seguía su curso espeluznante. *Negotium perambulans in tenebris...* El viejo bibliotecario ensayó las fórmulas que había memorizado y aferró el papel que contenía las alternativas que no había memorizado. Comprobó que su linterna eléctrica funcionaba. Rice, a su lado, sacó de una valija un pulverizador metálico de los que se utilizan para combatir insectos mientras que Morgan desenfundó el rifle de caza mayor en el que confiaba a pesar de las advertencias de su colega de que ningún arma material le sería de ayuda.

Armitage, tras haber leído el espantoso diario, sabía dolorosamente bien qué tipo de manifestación cabía esperar pero no quiso aumentar el susto de los habitantes de Dunwich dando ninguna pista o indicio. Esperaba que pudiera ser conquistada sin que se revelara al mundo la cosa monstruosa que se había escapado. A medida que las sombras se acumulaban, los nativos comenzaron a dispersarse hacia sus casas, ansiosos por encerrarse en ellas a pesar de la actual evidencia de que todas las cerraduras y cerrojos humanos eran inútiles ante una fuerza que podía doblar árboles y aplastar casas cuando lo deseaba. Sacudieron la cabeza ante el plan de los visitantes de montar guardia en las ruinas de Frye, cerca de la cañada, y cuando se marcharon, tenían pocas esperanzas de volver a ver a los vigilantes.

Aquella noche había retumbos bajo las colinas y los chotacabras gorjeaban amenazadoramente. De vez en cuando un viento, barriendo desde Cold Spring Glen, traía un toque de inefable fetor al pesado aire nocturno, un fetor como el que los tres vigilantes habían olido una vez, cuando se encontraban sobre una cosa moribunda que había pasado durante quince años y medio por un ser humano. Pero el terror buscado no apareció. Fuera lo que fuese lo que había allí abajo, en la cañada, estaba esperando su momento y Armitage dijo a sus colegas que sería suicida intentar atacarlo en la oscuridad.

La mañana llegó débilmente y cesaron los sonidos nocturnos. Era un día gris y sombrío y de vez en cuando caía una llovizna; nubes cada vez más pesadas parecían amontonarse más allá de las colinas, hacia el noroeste. Los hombres de Arkham estaban indecisos sobre qué hacer. Buscando refugio del creciente aguacero bajo una de las pocas dependencias de Frye que no habían sido destruidas, se debatían entre la conveniencia de esperar o de comenzar la agresión y descender a la cañada en busca de su monstruosa presa sin nombre. El aguacero crecía en pesadez y lejanos truenos sonaban desde horizontes lejanos. Láminas de relámpagos brillaron y luego un rayo tenaz destelló cerca, como si descendiera a la propia cañada maldita. El cielo se oscureció mucho y los observadores esperaban que la tormenta fuera breve y aguda, seguida de un tiempo despejado.

Aún estaba espantosamente oscuro cuando, no mucho más de una hora después, una confusa babel de voces sonó en el camino. Un momento más trajo a la vista a un grupo asustado de más de una docena de hombres, corriendo, gritando e incluso gimoteando histéricamente. Alguien que iba delante empezó a sollozar palabras y los hombres de Arkham se sobresaltaron violentamente cuando esas palabras adquirieron una forma coherente.

«¡Oh, Dios mío, Dios mío!», dijo la voz ahogada, «¡está saliendo otra vez y esta vez de día! Está saliendo y moviéndose en este mismo instante, ¡y sólo el Señor sabe cuándo caerá sobre todos nosotros!».

El que hablaba jadeó y guardó silencio pero otro retomó su mensaje.

«Hace casi una hora Zeb Whateley oyó sonar el teléfono y era Mis' Corey, la mujer de George, que vive cerca del cruce. Dice que el muchacho que contrató, Luther, estaba llevando las vacas por los cauces de la tormenta tras el gran rayo, cuando vio todos los árboles doblados en la boca de la cañada —en el lado opuesto a éste— y sintió el mismo olor horrible que sintió cuando encontró las grandes vías el lunes por la mañana. Y ella dice que él dijo que había un ruido sordo y lapeante, más de lo que los árboles y arbustos podían hacer, y de repente los árboles a lo largo de la orilla empezaron a ser empujados hacia un lado y había un horrible pisoteo y chapoteo en el barro. Pero atención, Luther no vio nada en absoluto, sólo los árboles que se doblaban y la maleza.

«Luego, más adelante, donde el arroyo Bishop pasa junto al río, oyó un horrible crujido y tensión en el puente y dijo que podía notar que la madera empezaba a agrietarse y partirse. Y mientras tanto no vio nada, sólo los árboles y arbustos doblándose. Y cuando el ruido se alejó en dirección al Mago Whateley y a la colina Sentinel, Luther tuvo las agallas de acercarse a donde lo había oído por primera vez y mirar el suelo. Era todo barro y agua, y el cielo estaba oscuro, y la lluvia estaba borrando todas las huellas tan rápido como podía; pero a partir de la boca de la cañada, donde el lecho de los árboles se movía, todavía quedaban algunas de esas horribles huellas grandes como barras como las que vio el lunes».

En este punto interrumpió el primero de los hablantes, emocionado.

«Pero ése no es el problema ahora, ése fue sólo el principio. Zeb estaba llamando a la gente y todo el mundo estaba escuchando cuando entró una llamada de Seth Bishop. Su ama de llaves, Sally, estaba muy nerviosa, acababa de ver los árboles doblados junto al arroyo y dijo que había una especie de sonido pastoso, como si un elefante resoplara y pisara, dirigiéndose a la casa. Entonces ella se levantó y habló de repente de un olor espantoso y dice que su hijo Cha'ncey estaba gritando que era exactamente como lo que él había olido en las ruinas de Whateley el lunes por la mañana. Y los perros ladraban y lloriqueaban horriblemente.

«Y entonces soltó un grito terrible y dijo que el cobertizo de abajo se había derrumbado como si la tormenta lo hubiera derribado, sólo que el viento no era tan fuerte como para derribarlo. Todo el mundo estaba escuchando, y se podía oír a mucha gente por el cable. Sally volvió a gritar y dijo que la valla del patio delantero se había arrugado, aunque no había señales de quién lo había hecho. Entonces todo el mundo en la línea podía oír a Cha'ncey y al viejo Seth Bishop gritando y Sally gritaba que algo pesado había golpeado la casa, no un rayo ni nada, sino algo pesado en la parte delantera, que seguía lanzándose una y otra vez, aunque no se podía ver nada en las ventanas delanteras. Y entonces... y entonces...».

Las líneas de espanto se profundizaron en todos los rostros y Armitage, agitado también, apenas tuvo el aplomo suficiente para incitar al hablante.

«Y entonces... Sally gritó: "Oh, socorro, la casa se está derrumbando..." y por el cable oímos un terrible estruendo y un montón de gritos... como cuando se derrumbó la casa de Elmer Frye, sólo que más fuertes...».

El hombre hizo una pausa y otro de los presentes empezó a hablar.

«Eso es todo... ni un ruido ni un chillido por el teléfono después de eso. Se quedó mudo. Los que lo oímos sacamos los Ford y los carros y reunimos a todos los hombres sanos que pudimos, en casa de Corey, y vinimos aquí a ver qué pensaban que era mejor hacer. No sino lo que creo que es el juicio del Señor por nuestras iniquidades, que ningún mortal podrá jamás apartar».

Armitage vio que había llegado el momento de la acción positiva y habló con decisión al vacilante grupo de asustados campesinos.

«Debemos seguirla, muchachos». Puso su voz lo más tranquilizadora posible. «Creo que hay posibilidades de acabar con él. Ustedes saben que esos Whateley eran magos... pues bien, esta cosa es cosa de magos y hay que acabar con ella por los mismos medios. He visto el diario de Wilbur Whateley y he leído algunos de los viejos y extraños libros que solía leer, y creo que conozco el hechizo adecuado que hay que recitar para hacer que la cosa desaparezca. Por supuesto, no se puede estar seguro, pero siempre podemos arriesgarnos. Es invisible —sabía que lo sería— pero hay un polvo en este pulverizador de larga distancia que puede hacer que aparezca durante un segundo. Más tarde lo probaremos. Es algo espantoso que esté vivo, pero no es tan malo como lo que Wilbur habría permitido entrar si hubiera vivido más tiempo. Nunca sabrán lo que se ha escapado al mundo. Ahora sólo tenemos esta cosa contra la que luchar y no puede multiplicarse. Puede, sin embargo, hacer mucho daño, así que no debemos dudar en librar a la comunidad de ella.

«Debemos seguirlo y la forma de empezar es ir al lugar que acaba de ser destrozado. Que alguien nos guíe: no conozco muy bien sus caminos, pero tengo la idea de que puede haber un atajo más corto a través de los lotes. ¿Qué les parece?».

Los hombres se arremolinaron un momento y entonces Earl Sawyer habló en voz baja, señalando con un dedo mugriento a través de la lluvia que disminuía constantemente.

«Supongo que se puede llegar más rápido a casa de Seth Bishop cortando por aquí, por el arroyo en el lugar más bajo, y subiendo por la siega de Carrier y el lote de madera de más allá. Eso sale a la parte superior del arroyo muy cerca de Seth, un poco al otro lado».

Armitage, con Rice y Morgan, echaron a andar en la dirección indicada y la mayoría de los nativos les siguieron lentamente. El cielo se iba aclarando y había indicios de que la tormenta se había disipado. Cuando Armitage tomó inadvertidamente una dirección equivocada, Joe Osborn le advirtió y se adelantó para mostrarle la correcta. El valor y la confianza iban en aumento, aunque la penumbra de la colina boscosa casi perpendicular que se extendía hacia el final de su atajo, y entre cuyos fantásticos árboles centenarios tuvieron que trepar como por una escalera, puso estas cualidades a dura prueba.

Por fin salieron a un camino barroso y se encontraron con que salía el sol. Estaban un poco más allá del lugar de Seth Bishop, pero los árboles doblados y las huellas horriblemente inconfundibles mostraban lo que había pasado. Sólo emplearon unos instantes en examinar las ruinas que había justo al doblar la curva. Era como el incidente de Frye otra vez y no se encontró nada vivo ni muerto en ninguno de los restos derrumbados de lo que habían sido la casa y el granero de los Bishop. Nadie se preocupó de permanecer allí en medio del hedor y la pegajosidad alquitranada y todos se volvieron instintivamente hacia la línea de horribles huellas que conducían hacia la granja Whateley destrozada y las laderas coronadas de altares de la colina Sentinel.

Cuando los hombres pasaron por delante del emplazamiento de la vivienda de Wilbur Whateley se estremecieron visiblemente y parecieron mezclar de nuevo la indecisión con su celo. No era ninguna broma rastrear algo tan grande como una casa que no se podía ver, pero que tenía toda la viciosa malevolencia de un demonio. Frente a la base de la colina Sentinel, las huellas abandonaron el camino, y era visible una nueva curva y una mata a lo largo de la amplia franja que marcaba la antigua ruta del monstruo hacia y desde la cima.

Armitage sacó un telescopio de bolsillo de considerable potencia y escudriñó la escarpada ladera verde de la colina. Luego entregó el instrumento a Morgan, cuya vista era más aguda. Tras un momento de observación, Morgan dio un grito agudo, pasó el anteojo a Earl Sawyer e indicó con el dedo un punto determinado de la ladera. Sawyer, tan torpe como lo son la mayoría de los que no utilizan aparatos ópticos, jugueteó un rato, pero finalmente enfocó las lentes con la ayuda de Armitage. Cuando lo hizo, su grito fue menos contenido de lo que había sido el de Morgan.

«¡Dios todopoderoso, la hierba y los arbustos se están moviendo! Está subiendo lentamente hacia la cima en este momento, ¡sólo Dios sabe por qué!».

Entonces el germen del pánico pareció extenderse entre los buscadores. Una cosa era perseguir a la entidad sin nombre y otra muy distinta encontrarla. Los hechizos podrían servir pero supongamos que no. Las voces empezaron a interrogar a Armitage sobre lo que sabía de aquella cosa y ninguna respuesta parecía satisfacerles del todo. Todos parecían sentirse muy cerca de fases de la naturaleza y del ser completamente prohibidas y totalmente fuera de la experiencia sana de la humanidad.

10

Al final, los tres hombres de Arkham —el Dr. Armitage, viejo y de barba blanca, el Profesor Rice, fornido y gris como el hierro, y el Dr. Morgan, delgado y juvenil— subieron solos a la montaña. Tras muchas instrucciones pacientes sobre su enfoque y uso, dejaron el telescopio con el asustado grupo que quedaba; en el camino y mientras subían fueron vigilados de cerca por aquellos entre los que se pasaban el anteojo. Era un camino duro y Armitage tuvo que ser ayudado más de una vez. Por encima del esforzado grupo, la gran hilera temblaba mientras su infernal creador repasaba con la deliberación de un caracol. Entonces fue obvio que los perseguidores estaban ganando terreno.

Curtis Whateley, de la rama sin descomponer, sostenía el telescopio cuando el grupo de Arkham se desvió radicalmente de la hilera. Dijo a la multitud que los hombres estaban evidentemente intentando llegar a un pico inferior que dominaba la hilera en un punto considerablemente más adelante de donde ahora se doblaban los arbustos. Esto, en efecto, resultó ser cierto y se vio al grupo ganar la pequeña elevación sólo un poco después de que la blasfemia invisible la hubiera rebasado.

Entonces Wesley Corey, que había cogido el anteojo, gritó que Armitage estaba ajustando el pulverizador que sostenía Rice y que algo debía estar a punto de suceder. La multitud se agitó inquieta, recordando que se esperaba que ese pulverizador diera al horror invisible un momento de visibilidad. Dos o tres hombres cerraron los ojos pero Curtis Whateley volvió a coger el telescopio y esforzó al máximo su visión. Vio que Rice, desde el punto de vista del grupo por encima y por detrás de la entidad, tenía una excelente oportunidad de esparcir el potente polvo con un efecto maravilloso.

Los que no usaban el telescopio sólo vieron un destello instantáneo de nube gris —una nube del tamaño de un edificio medianamente grande— cerca de la cima de la montaña. Curtis, que había sujetado el instrumento, lo dejó caer con un grito desgarrador en el barro del camino que le llegaba hasta los tobillos. Se tambaleó y se habría desplomado al suelo si no le hubieran agarrado y sostenido otros dos o tres. Todo lo que pudo hacer fue gemir de forma medio audible:

«Oh, oh, Dios mío... eso... eso...».

Hubo un pandemónium de preguntas y sólo Henry Wheeler pensó en rescatar el telescopio caído y limpiarlo de barro. Curtis había perdido toda coherencia e incluso las respuestas aisladas eran casi demasiado para él.

«Más grande que un granero... todo hecho de cuerdas retorciéndose... una especie de casco con forma de huevo de gallina más grande que nada, con docenas de patas como cabezas de cerdo que se cierran cuando pisan... nada sólido en él... todo como gelatina y hecho de cuerdas separadas retorciéndose apretadas... grandes ojos saltones por todas partes... diez o veinte bocas o troncos sobresaliendo a lo largo de los lados, grandes como tubos de estufa, y todos abriéndose y cerrándose... todos grises, con anillos azules o púrpuras... ¡y Dios en el Cielo, esa cara en la parte superior...!

Este último recuerdo, fuera lo que fuera, resultó ser demasiado para el pobre Curtis y se desplomó por completo antes de poder decir nada más. Fred Parr y Will Hutchins lo llevaron al borde del camino y lo acostaron sobre la hierba húmeda. Henry Wheeler, tembloroso, dirigió el telescopio rescatado hacia la montaña para ver lo que podía. A través de las lentes se distinguían tres figuras diminutas, aparentemente corriendo hacia la cumbre tan rápido como lo permitía la empinada pendiente. Sólo éstas, nada más. Entonces todos notaron un ruido extrañamente inusual en el profundo valle que había detrás, e incluso en la maleza de la propia colina Sentinel. Era el ulular de un sinnúmero de chotacabras y en su estridente coro parecía acechar una nota de tensa y maligna expectación.

Earl Sawyer cogió ahora el telescopio e informó de que las tres figuras estaban de pie en la cima, prácticamente a nivel con la piedra del altar pero a una distancia considerable de él. Una de las figuras, dijo, parecía estar levantando las manos por encima de la cabeza a intervalos rítmicos y cuando Sawyer mencionó la circunstancia, a los presentes les pareció oír a lo lejos un sonido tenue, medio musical, como si un fuerte cántico acompañara los gestos. La extraña silueta en aquel pico remoto debía de ser un espectáculo infinitamente grotesco e impresionante, pero ningún observador estaba de humor para apreciaciones estéticas. «Supongo que está diciendo el conjuro», susurró Wheeler mientras volvía a coger el telescopio. Los chotacabras estaban gorjeando salvajemente y con un ritmo irregular singularmente curioso, muy distinto al del ritual visible.

De repente, el sol pareció disminuir sin la intervención de ninguna nube perceptible. Era un fenómeno muy peculiar y todos lo percibieron claramente. Un sonido retumbante parecía gestarse bajo las colinas, mezclado extrañamente con un estruendo concordante que procedía claramente del cielo. Los relámpagos brillaban en lo alto y la multitud maravillada buscaba en vano los presagios de tormenta. Los cánticos de los hombres de Arkham se hicieron ahora inconfundibles y Wheeler vio a través del anteojo que todos levantaban los brazos siguiendo el rítmico conjuro. De alguna granja lejana llegaban los ladridos frenéticos de los perros.

El cambio en la calidad de la luz del día aumentó y la multitud contempló el horizonte con asombro. Una oscuridad violácea, nacida nada más que de un oscurecimiento espectral del azul del cielo, se abatía sobre las retumbantes colinas. Entonces los relámpagos volvieron a brillar, algo más que antes, y a los presentes les pareció que habían mostrado cierta neblina alrededor de la piedra del altar en la altura distante. Nadie, sin embargo, había estado utilizando el telescopio en ese instante. Los chotacabras continuaron su irregular palpitación y los hombres de Dunwich se prepararon tensamente contra alguna imponderable amenaza con la que la atmósfera parecía sobrecargada.

Sin previo aviso llegaron esos sonidos vocales profundos, agrietados y estridentes que nunca abandonarán la memoria del grupo de afectados que los escuchó. No nacieron de ninguna garganta humana, pues los órganos del hombre no pueden producir tales perversiones acústicas. Más bien se habría dicho que procedían de la propia fosa, si su fuente no hubiera sido tan inequívocamente la piedra del altar de la cima. Es casi erróneo llamarlos sonidos, ya que gran parte de su espantoso timbre grave hablaba a oscuras sedes de conciencia y terror mucho más sutiles que el oído, sin embargo, uno debe hacerlo, ya que su forma era indiscutible aunque vagamente la de palabras medio articuladas. Eran fuertes —tan fuertes como los estruendos y los truenos sobre los que resonaban— pero no procedían de ningún ser visible. Y como la imaginación podía sugerir una fuente conjetural en el mundo de los seres no visibles, la multitud apiñada en la base de la montaña se acurrucó aún más y parecía esperar un golpe.

«Ygnaiih... ygnaiih... thflthkh'ngha... Yog-Sothoth...», sonó el horrible graznido desde el espacio. «Y'bthnk... h'ehye... n'grkdl'lh...».

En ese momento, la fuerza del habla pareció flaquear, como si se estuviera librando una espantosa lucha psíquica. Henry Wheeler forzó la vista con el telescopio pero sólo vio las tres figuras humanas grotescamente silueteadas en la cima moviendo furiosamente los brazos en extraños gestos mientras su encantamiento se acercaba a su culminación. ¿De qué negros pozos de miedo o sentimiento aquerónticos, de qué golfos sin sondear de la conciencia extracósmica o de la herencia oscura y largamente latente fueron extraídos aquellos estruendos medio articulados? En seguida empezaron a cobrar una fuerza y una coherencia renovadas a medida que crecían en un frenesí descarnado, absoluto, definitivo.

«Eh-ya-ya-ya-yahaah... e'yayayayaaaa... ngh'aaaaaa... ngh'aaaaaa... h'yuh... h'yuh... ¡AYUDA! ¡AYUDA...! ff-ff-ff-ff ¡PADRE! ¡PADRE! ¡YOG-SO-THOTH...!».

Pero eso fue todo. El pálido grupo en la carretera, aún tambaleándose ante las sílabas indiscutiblemente en inglés que se habían derramado espesa y estruendosamente desde la frenética vacuidad junto a aquella impactante piedra de altar, no volverían a oír tales sílabas. En su lugar, saltaron violentamente ante el terrorífico estruendo que parecía desgarrar las colinas, el ensordecedor y cataclísmico repique cuyo origen, ya fuera en el interior de la tierra o en el cielo, ningún oyente fue capaz de situar. Un único rayo salió disparado desde el cenit púrpura hasta la piedra del altar y una gran marea de fuerza inaudita y hedor indescriptible se extendió desde la colina a toda la campiña. Los árboles, la hierba y la maleza fueron azotados con furia y el público asustado en la base de la montaña, debilitado por el fetor letal que parecía a punto de asfixiarlos, casi fue arrojado de sus pies. Los perros aullaban desde la distancia, la hierba verde y el follaje se marchitaban hasta adquirir un curioso y enfermizo color amarillo grisáceo y sobre el campo y el bosque se esparcían los cadáveres de los chotacabras muertos.

El hedor se fue rápidamente pero la vegetación nunca volvió a recuperarse. Hasta el día de hoy hay algo extraño e impío en los brotes de esa temible colina y sus alrededores. Curtis Whateley acababa de recobrar el conocimiento cuando los hombres de Arkham bajaban lentamente por la montaña bajo los rayos de una luz del sol que volvía a ser brillante e impoluta. Estaban graves y callados y parecían sacudidos por recuerdos y reflexiones aún más terribles que los que habían reducido al grupo de nativos a un estado de temblor acobardado. En respuesta a un fárrago de preguntas sólo sacudieron la cabeza y reafirmaron un hecho vital.

«La cosa ha desaparecido para siempre», dijo Armitage. «Se ha dividido en aquello de lo que estaba hecha originalmente y nunca podrá volver a existir. Era una imposibilidad en un mundo normal. Sólo la mínima fracción era realmente materia en cualquier sentido que conozcamos. Era como su padre y la mayor parte ha vuelto a él en algún vago reino o dimensión fuera de nuestro universo material, algún vago abismo del que sólo los ritos más malditos de la blasfemia humana podrían haberle llamado por un momento a las colinas».

Hubo un breve silencio y, en esa pausa, los dispersos sentidos del pobre Curtis Whateley empezaron a hilvanarse en una especie de continuidad, de modo que se llevó las manos a la cabeza con un gemido. La memoria pareció retomarse donde se había quedado y el horror de la visión que le había postrado irrumpió de nuevo en él.

«Oh, oh, Dios mío, esa cara de hombre... esa cara de hombre encima... esa cara con los ojos rojos y el pelo albino arrugado, y sin barbilla, como los Whateley... Era una especie de pulpo, ciempiés y araña, pero encima tenía una cara de hombre con forma de pulpo que se parecía a la del Mago Whateley, sólo que estaba a yardas y yardas de distancia...».

Hizo una pausa exhausto, mientras todo el grupo de nativos miraba con un desconcierto que no acababa de cristalizar en un nuevo terror. Sólo el viejo Zebulon Whateley, que recordaba vagamente cosas antiguas pero que hasta entonces había permanecido en silencio, habló en voz alta.

«Hace quince años», divagó, «oí decir al Viejo Whateley que algún día oiríamos a un niño de Lavinia gritar el nombre de su padre en la cima de la colina Sentinel...».

Pero Joe Osborn le interrumpió para interrogar de nuevo a los hombres de Arkham.

«¿Qué era, en cualquier caso, y cómo lo llamó el joven Mago Whateley del aire del que procedía?».

Armitage eligió sus palabras con cuidado.

«Era... bueno, era sobre todo un tipo de fuerza que no pertenece a nuestra parte del espacio; un tipo de fuerza que actúa y crece y se modela por otras leyes que las de nuestro tipo de Naturaleza. No tenemos por qué llamar a esas cosas desde fuera y sólo gente muy malvada y cultos muy perversos lo intentan. Había algo de eso en el propio Wilbur Whateley, lo suficiente como para hacer de él un demonio y un monstruo precoz y para que su desaparición fuera un espectáculo bastante terrible. Voy a quemar su maldito diario y si ustedes son sabios dinamitarán ese altar de ahí arriba y derribarán todos los anillos de piedras erguidas de las otras colinas. Cosas así trajeron los seres a los que esos Whateley eran tan aficionados... los seres a los que iban a dejar entrar tangiblemente para acabar con la raza humana y arrastrar la tierra a algún lugar sin nombre con algún propósito sin nombre.

«Pero en cuanto a esta cosa que acabamos de devolver, los Whateley la criaron para que desempeñara un papel terrible en los hechos que estaban por venir. Creció rápido y grande por la misma razón por la que Wilbur creció rápido y grande, pero le venció porque tenía una mayor cuota de exterioridad en él. No necesitan preguntar cómo Wilbur lo llamó desde el aire. No lo llamó. Era su hermano gemelo, pero se parecía más al padre que él».

Rosetta Edu

CLÁSICOS EN ESPAÑOL

Esperamos que haya disfrutado esta lectura. ¿Quiere leer otra obra de nuestra colección de *Clásicos en español*?

En nuestro Club del Libro encontrarás artículos relacionados con los libros que publicamos y la literatura en general. ¡Suscríbete en nuestra página web y te ofrecemos un ebook gratis por mes!

Recibe tu copia totalmente gratuita de nuestro *Club del libro* en rosettaedu.com/pages/club-del-libro

Rosetta Edu

CLÁSICOS EN ESPAÑOL

Una habitación propia se estableció desde su publicación como uno de los libros fundamentales del feminismo. Basado en dos conferencias pronunciadas por Virginia Woolf en colleges para mujeres y ampliado luego por la autora, el texto es un testamento visionario, donde tópicos característicos del feminismo por casi un siglo son expuestos con claridad tal vez por primera vez.

Oscar Wilde escribe una sola novela, *El retrato de Dorian Gray*; ésta fue el objeto de una crítica moralizante mordaz por parte de sus contemporáneos que no pudieron ver que dentro de una trama perfectamente compuesta se escondía toda la tragedia del romanticismo. Cien años después no ha perdido su impacto original y sigue siendo un texto fundamental para los debates sobre la estética y la moral.

Otra vuelta de tuerca es una de las novelas de terror más difundidas en la literatura universal y cuenta una historia absorbente, siguiendo a una institutriz a cargo de dos niños en una gran mansión en la campiña inglesa que parece estar embrujada. Los detalles de la descripción y la narración en primera persona van conformando un mundo que puede inspirar genuino terror.

rosettaedu.com

Rosetta Edu

EDICIONES BILINGÜES

En una atmósfera constante de misterio y amenaza, *El corazón de las tinieblas* narra el peligroso viaje de Marlow por un río (sin duda el Congo aunque no es nombrado en el relato) africano. Lo que el marino puede observar en su viaje le horroriza, le deja perplejo, y pone en tela de juicio las bases mismas de la civilización y la naturaleza humana.

Durante décadas, y acercándose a su centenario, *El gran Gatsby* ha sido considerada una obra maestra de la literatura y candidata al título de «Gran novela americana» por su dominio al mostrar la pura identidad americana junto a un estilo distinto y maduro. La edición bilingüe permite apreciar los detalles del texto original y constituye un paso obligado para aprender el inglés en profundidad.

En *La señora Dalloway* Virginia Woolf relata un día en la vida de Clarissa Dalloway, una señora de la clase alta casada con un miembro del parlamento inglés, y de un ex-combatiente que lucha contra su enfermedad mental. La innovación de la novela es la corriente de consciencia: Woolf sigue el pensamiento de cada personaje, siendo excelente a la hora de narrar emociones, asociaciones y sentimientos.

rosettaedu.com

Printed in Great Britain
by Amazon

33222181R00049